REDRUM

Spirituosa Sancta
1. Auflage
(Deutsche Erstausgabe)

Verleger: Michael Merhi
Lektorat: Jasmin Kraft
Korrektorat: Simon Kossov / Silvia Vogt
Umschlaggestaltung und Konzeption:
MIMO GRAPHICS unter Verwendung einer
Illustration von Shutterstock

ISBN: 978-3-95957-528-7

E-Mail: merhi@gmx.net
www.redrum-verlag.de

YouTube: Michael Merhi Books
Facebook-Seite: REDRUM BOOKS
Facebook-Gruppe:
REDRUM BOOKS - Nichts für Pussys!

Baukowski

Spirituosa Sancta

Zum Buch:

Baukowski zieht es *back to the roots* und zurück auf die Straßen. Mit seiner chaotischen Rum-und-Ähre-Crew stürzt er sich kopfüber in ein neues episches Abenteuer. Dieses Mal wird es persönlich, denn die Pforte seiner Stammkneipe soll für immer schließen.

Spirituosa Sancta ist ein alkoholgeschwängertes Statement gegen den Zeitgeist, der erhobene Mittelfinger in Richtung *Political Correctness.* Poesie, Tiefgang oder Sittlichkeit sind hier fehl am Platze, stattdessen regiert der *good friendly violent fun.*

Zum Autor:

Baukowski schreibt Hardcore. Egal, ob in den Genres Horror, Splatter, Thriller, Trash oder auch – wie im vorliegenden Buch – augenzwinkernde Bizarro Fiction, seine Ergüsse sind immer mit dem Prädikat ›Hardcore‹ versehen. Mit *Spirituosa Sancta* kehrt er zu seinen Wurzeln und somit zu seinen beliebtesten Figuren zurück. Seine Saufkumpane Wiesel und Udo hatten bis dato nur die *Ähre,* in Kurzgeschichten in Erscheinung zu treten. Für Baukowski eine Herzensangelegenheit, dies endlich zu ändern und seinen Freunden das Forum zu bieten, das ihnen zusteht.

Bisher bei REDRUM BOOKS erschienen:

Bizarr
Rum und Ähre
Schwarze Mambo
Martyrium
Spirituosa Sancta
Once upon a time … in Baukowski
Spirituosa Sancta

Inhaltsverzeichnis

Baukowski

Spirituosa Sancta

Bizarro Fiction

»Bier ist der Beweis, dass Gott uns liebt und will, dass wir glücklich sind.«
Benjamin Franklin

Die folgende Geschichte ist alles, aber ganz sicher nicht fiktiv. Ähnlichkeiten mit lebenden oder toten Personen sind natürlich vollkommen beabsichtigt und basieren auf keinem Zufall.

REDRUM BOOKS weist darauf hin, dass Baukowskis teils sehr drastischer und vulgärer Schreibstil für sensible Personen ungeeignet sein könnte, dennoch ist der Berliner Verlag sich nicht zu fein, mit genau diesem Stilmittel zu werben und Geld zu verdienen.

Das Lesen von Baukowskis Büchern erfolgt auf eigene Gefahr.

»Vorkenntnisse von Rum und Ähre sind nicht zwingend notwendig, schaden aber auch nicht, denn es spült ja Kohle in unsere Kasse.«
Bärtiger Verleger aus Berlin

Kapitel 1

»Man muss dem Leben immer um mindestens einen Whiskey voraus sein.«
Humphrey Bogart

Hämmernde Kopfschmerzen, ein Filmriss epischen Ausmaßes und Mundgeruch der übelsten Sorte – das waren gleich drei Argumente, um sofort wieder an dem zwölf Jahre alten, irischen Kameraden zu nippen. Hund und Katze waren in mir vereint. Ich hatte 'nen verfluchten Kater und war hundemüde. Meine rechte Hand wanderte in Richtung Nachtkommode, um an die grüne Flasche zu gelangen. Da erkannte ich, durch meine halb geöffneten und blutunterlaufenen Augen, dass ich nicht allein im heimischen Bett lag. Da war noch jemand, fest an mich gekuschelt und mit dem Zeigefinger durch mein lockiges Brusthaar streichelnd. Auf den ersten Blick schätzte ich das Mädel auf türkische oder arabische Herkunft und fragte mich, ob es überhaupt als politisch korrekt galt, augenscheinliche Merkmale zu benennen.

Totaler Blackout.

Ich konnte mich an nichts mehr erinnern, und ehrlich gesagt, war es mir auch ziemlich wumpe. Solche Szenarien waren mir nicht fremd, und ich war in der Lage, den baldigen Ausgang dieser Konstellation zu prophezeien. Es galt, ihr verständlich zu machen, dass es kein Wiedersehen und schon gar kein Frühstück geben würde. Ihre Reaktion wäre eine etwa fünf Minuten lange Hasstirade, inklusive wüster Beschimpfungen, und schon hätte ich wieder meine wohlverdiente Ruhe.

Just, als ich aufstehen wollte, um der Lady wortlos ihre Kleidungsstücke zu reichen, drängten mich elende Schmerzen jäh zurück unter die warme Bettdecke. Es fühlte sich an, als ob mir ein Bauarbeiter mit seiner Rüttelplatte im Kreis durch den Kopf wummerte. Das erleichterte mir meine Gesamtsituation nicht wirklich, denn der anstehende emotionale Ausbruch des Mädchens würde meinen Kopf noch genügend foltern. Mir blieb nichts anderes übrig, als subtiler vorzugehen. Ich machte mir darum das Rumoren in der Darmregion zunutze und spannte meine Gesäßmuskeln an. Ich ließ einen ausgedehnten sowie feuchten Furz. Der Sound der Flatulenz weckte in mir Assoziationen zu einer Sickergrube. Anstatt sich angewidert abzuwenden, kicherte meine Besucherin mädchenhaft. *Es müssen härtere Geschütze aufgefahren werden*, dachte ich, also nahm ich die Bettdecke und wedelte ihr das faule Aroma direkt in ihren orientalischen Zinken. Das schien für sie ein noch größerer Spaß zu sein, und das obwohl die würzige Note den Erzeuger selbst regelrecht erbleichen ließ. Okay, sie hatte es nicht anders gewollt. Ich nahm sie unter der dicken Daunendecke gefangen und ließ sie erst nach einer geschlagenen Minute wieder auftauchen. Mit hochrotem Kopf sowie tränenden Augen schaute sie mich mit einer Mischung aus Entsetzen und Zorn an.

»Kuckuck?«, feixte ich grinsend von einem Ohr bis zum anderen.

»Sag mal, tickst du noch ganz sauber?«, fiel ihre wutgeladene Reaktion aus. Ein Funkeln in ihren Augen verriet mir, dass der große Knall kurz bevorstand.

Viel konnte nicht mehr fehlen, also forderte ich sie auf: »Geh doch mal ins Badezimmer und hol 'ne Rolle Klopapier. Ich glaub, da war Material dabei.«

Endlich – sie hielt sich die Hand vor den Mund und würgte. Doch was war das? Anstatt entgeistert aus dem Bett zu hüpfen und ihre Siebensachen zu packen, legte sie sich wieder zu mir und schmiegte sich an mich. Nach einer kurzen Pause unterbrach sie die wohltuende Stille. »Bis eben habe ich noch gedacht, dass du nur 'ne Rolle spielst. Du weißt schon, dass du der Gesellschaft einen Spiegel vorhältst und dich satirisch über sie lustig machst, aber so allmählich glaube ich, du bist tatsächlich so.« Dem setzte sie noch ein relativierend fragendes »Oder?« hinterher.

Ich hatte den kurzen Augenblick, als sie nicht wie eine Klette an mir hing, genutzt und mir den Jameson vom Nachttisch genommen. Ich gönnte mir einen ausgiebigen Schluck.

Da lagen wir also immer noch gemeinsam in meinem Bett, und ich war keinen Schritt weiter als vorhin. Es war wohl an der Zeit, etwas offensiver und verletzend zu werden. »Sag mal, schämst du dich eigentlich wegen deiner Brüste?«

Sie schaute mich interessiert an und wagte ein vorsichtiges Lächeln. »Nein, natürlich nicht. Warum fragst du?«

»Ja, dann bring sie doch mal mit. Vielleicht können wir ein wenig Spaß zusammen haben.«

Sie pfiff durch die Zähne und nahm eine Sitzposition ein. »Oh ja, das ist so verdammt witzig! Sich über die Proportionen anderer zu amüsieren … wirklich urkomisch.«

Ich hatte offenbar einen wunden Punkt getroffen. *Wollen wir doch mal sehen, wie sie mit dem Thema Älterwerden umgeht*, dachte ich mir. »Was hat 'ne fünfzigjährige Frau zwischen ihren Brüsten, was eine Sechzehnjährige nicht hat?« Sie schüttelte bereits ihren Kopf, bevor ich mit »Den Bauchnabel!« auflöste, und rollte mit ihren Augen.

Ich präsentierte ihr meine dreckigste und hämischste Lache, die selbst einem mit Grog abgefüllten Piratenkapitän zur Ehre gereicht hätte. Es folgte Stille und ich trank derweil gegen meine Kopfschmerzen.

»Weißt du überhaupt, wie ich heiße?« Die Frage traf mich unvorbereitet, während mein Pegel so langsam wieder anstieg.

»No Ma'am«, fiel meine grundehrliche Antwort aus. Die Schwarzhaarige rümpfte die Nase.

»Gestern hast du mich Jasmin genannt. Jasmin, so wie Aladins kleine Bitch, und keine Ahnung, irgendwie fand ich das tatsächlich süß.«

Sie winkte ab, so als wolle sie damit sagen: ›Erklär mir jetzt nicht, wie naiv das klingt.‹

»Auch wenn du bis in die Haarspitzen alkoholisiert warst, du warst charmant, wenn auch auf eine sehr eigene und auch irgendwie primitive Weise.«

»Schätze, wir wissen beide, warum ich nett zu dir war«, ich zeigte ihr ein überzogenes Siegerlächeln.

»Ja«, gab sie zu, doch es schwang keine Demut mit. Zu meiner Überraschung griff sie mir zwischen die Beine und begann meine Proteinkanone zu massieren. »Mein Name ist Elif. Wir hatten vor einem Monat mal einen öffentlichen Disput, weil du dich negativ in der Transmisogynie-Diskussion geäußert hast.«

Ich musste laut lachen. »In der Transwas? Scheiße noch eins, ich weiß noch nicht mal was das ist!« Plötzlich kam mir ein erschreckender Gedanke. »Du hast doch wohl keinen Schwanz?«, fragte ich mit ungespieltem Entsetzen und erntete ein tiefes Seufzen und darauffolgendes Kopfschütteln.

»Seit ich dich gestern Nacht in der Bar persönlich kennengelernt habe, kann ich an nichts anderes mehr denken, als dass du es mir so richtig geil besorgst. Wahrscheinlich habe ich so einen Bad-Boy-Macho-Komplex. Ich weiß auch nicht, warum die kaputtesten Typen mich so nass machen.« Und sie verschwand wieder kichernd unter der Decke und fing an, mir an meinem besten Stück zu lutschen.

Ach Junge, gib dir 'nen Ruck und gewähre Jasmin ausnahmsweise einen kleinen Aufschub, schoss es mir durch den Kopf. Ich gab mich gönnerhaft und fragte mich, ob es da unten wohl noch immer nach faulen Eiern stank. Bestimmt hatte sich der abgestandene Furz von vorhin dort unten eingenistet und es sich so richtig gemütlich gemacht. Na ja, konnte mir ja egal sein. Mit einem zufriedenen Lächeln nahm ich einen weiteren Schluck Whiskey, nestelte mir eine Zigarette aus der Verpackung und zündete sie an. Die Blastechnik war einwandfrei, sie saugte schön fest und nahm ›Excalibur‹ bis zum Anschlag in sich auf. Kurz bevor ich meinem – mittlerweile nicht mehr ganz so ungewollten – Gast eine professionelle Zahnreinigung verpasste, kam mir der erste philosophische Gedanke des Tages in den Sinn: *Ich bewundere Feministinnen, besonders die mit einem runden, knackigen Arsch.*

Nach einem atemberaubenden Höhepunkt waren meine Kopfschmerzen auf einmal wie weggeblasen, meine Lust jedoch noch nicht gestillt. Es war an der Zeit, die feuchten Träume dieser orientalischen Schönheit Wirklichkeit werden zu lassen. Außerdem konnte ich jetzt einen Rimjob wirklich gut gebrauchen.

»'ne Möse zieht mehr als zwanzig Pferde«, war eine von vielen Binsenwahrheiten meines alten Herrn, die sich einmal mehr bewahrheitet hatte. Im Laufe des Aktes zog es auch mich unter die Bettdecke, da ich ihre vor Lust geschwollene Perle mit meiner Zunge verwöhnen wollte. Doch der Gestank war dort immer noch allgegenwärtig. Also warf ich die stinkende Decke von mir – mittlerweile hatte ich sowieso Hitzewallungen – und vergrub mein Gesicht in ihrem Honigtöpfchen.

Plötzlich fing meine Gespielin an zu lachen.

Es dauerte einige Augenblicke bis ich begriff, warum. Auf ihrem Venushügel hatte sie sich eine zwei Finger breite Landebahn stehen lassen. Aus ihrer Perspektive sah es aus, als hätte ich einen unästhetischen Stummel-Bart wie der weltbekannte Diktator. Mit dröhnender Stimme gab ich eine Parodie zum Besten und schwadronierte von der deutsch-türkischen Freundschaft.

Elif hielt sich den Bauch vor Lachen, und ihr gingen dabei einige Tropfen Urin ab. Mir war das nur recht, da ich das flüssige Gold liebte, also labte ich mich an der

Köstlichkeit. Jetzt war ich so richtig in Fahrt und zeigte ihr, wo der wiedererwachte Hammer hing.

Bis mittags habe ich generell gern meine Ruhe, denn ich muss mich von den anstrengenden Nächten auskurieren. Nun fühlte ich mich, als hätte ich mich wie ein Pferd abgerackert. Bei genauerer Betrachtung passte diese Redensart wie Arsch auf Eimer.

Es war bereits früher Nachmittag, als Jasmin (oder wie auch immer ihr Name war) endlich zur Tür raus war. Mein anstehender Plan hieß nun, heiß zu duschen, dann zwei, drei Stunden auf der Couch abhängen, vielleicht ein paar Zeilen schreiben und anschließend mal abklären, was heute Abend mit den Jungs noch so ging. Doch mein erster – dringender – Gang war zur Keramikabteilung. Der Sprit in Kombination mit Nikotin brachte meinen Darm so richtig in Wallung, es brodelte förmlich in mir, und ich setzte meinen Allerwertesten keine Sekunde zu früh auf dem Lokus ab, als ein wahrer Schmetterschiss aus mir herausplatzte und das Bahamabeige des Porzellans verfärbte.

Es klingelte an der Wohnungstür, und ich verfluchte den Verantwortlichen für dieses ganz miese Timing. Nachdem weiterer Spritzstuhl meinen mittlerweile geröteten sowie gereizten Anus passiert hatte, eilte ich – stilecht – in Boxershorts und Tennissocken zur Tür und linste durch den Spion.

Ich war überrascht, als ich Udo, Wiesel und Patrick erkannte. Hatte ich versehentlich eine Verabredung platzen lassen? Auch wenn mir so früh am Tag der Sinn nicht nach Gesellschaft stand, ließ ich die Jungs selbstverständlich herein. Wir begrüßten uns per Handschlag, und mir wurde bewusst, dass ich, bedingt durch den unerwarteten Besuch, tatsächlich vergessen hatte, mir die Hände zu waschen. Natürlich erwähnte ich das vor meinen Freunden nicht.

»Bah! Du musst hier echt lüften. Hier stinkt es wie in einem Affenpuff!« Udo wedelte mit der Hand vor seiner Nase.

»Hast du Suschi?«, fragte mich Wiesel, und ich war zu irritiert, um zu antworten.

»Du bist so unerhört dreist. Geh gefälligst zum Japsen!« Patrick fand immer die richtigen Worte.

»Nicht dieser Fischdreck, der optisch ein Augenschmaus ist, aber kulinarisch 'ne Vollkatastrophe. Ich falle beim All-you-can-eat-Schlitzaugen jedes Mal aufs Neue darauf rein! Ich rede von Suschi!« Er schaute uns drei an, als ob wir alle auf einem anderen Planeten als er leben würden, und ehrlich gesagt war ich mir oftmals sicher, dass dem tatsächlich so war.

»Die Abkürzung steht für *Suffschiss*!«

Nachdem auch das geklärt war, bat ich sie ins Wohnzimmer und stellte die Fenster im WC und Schlafzimmer auf Kipp. Mir fiel auf, dass die drei verdammt ernste Gesichter aufgesetzt hatten, und als sie sogar synchron das Angebot eines kühlen Gerstensafts ablehnten, machte ich mir ernsthaft Sorgen.

»Wiesel, ist deine fette Mutter endlich gestorben oder was ist hier los?«

Mein Kumpel verzichtete seltsamerweise auf einen Konter. Meine drei besten Freunde schauten sich nur gegenseitig mit in Falten gelegter Stirn an und Udo wandte sich an mich: »Es geht um dich, Bro. Wir haben Angst, dass du die Orientierung verloren hast.«

Schlechte *Vibrations* machten sich im Raum breit. Die ungewohnte Ernsthaftigkeit meiner Freunde machte mich nervös und als Bewältigungsstrategie fiel ich in kindliche Verhaltensmuster zurück.

»Ich hatte so was wie einen Schmerz im Gulliver und musste schlafen. Ich wurde nicht zu der Zeit geweckt, die ich zum Wecken angegeben hatte. Aber nun sind wir alle da, bereit für das, was die alte Notschi zu bieten hat«, führte ich textsicher *A Clockwork Orange* ins Feld.

»Okay, Bauko. Wir fallen jetzt einfach mal mit der Tür ins Haus«, übernahm mein kleiner Freund Wiesel die Wortführung, doch da bimmelte es abermals an der Tür, und ich kehrte mit dem graubärtigen Theo, dem Gastwirt meiner Wahl, noch konfuser als vorhin zurück zu den anderen.

»Schluss jetzt! Was wird hier gespielt?«, forderte ich die Jungs auf, endlich mit der Sprache herauszurücken.

Jetzt war es Patrick, der sich kleinlaut an mich wendete: »Du säufst zu viel.« Er schaute dabei zu Boden, so, als sei es ihm unangenehm, mir das mitteilen zu müssen.

Ich schaute die anderen an, doch es folgte kein Lachen und auch kein ›Verarscht!‹. Meinten meine Freunde das wirklich ernst? Ich brachte jedenfalls lediglich ein mehr gestottertes als gesprochenes »Ernsthaft jetzt?« hervor. Das Wort klang mindestens drei Oktaven höher als meine normale, recht tiefe Stimme.

»Er hat recht. Du bist auf ’nem ganz üblen und selbstzerstörerischen Trip unterwegs«, pflichtete Udo dem Rothaarigen bei.

Das war Hochverrat! Schließlich war Udo es höchstpersönlich, der den Spruch »Saufen, bis dass die Kotze sauer schmeckt« in unserer Crew kultiviert hatte. Er selbst war doch alles andere als ein Kostverächter.

»Denk doch nur mal an den Glühwein vor ein paar Monaten. Den hast du literweise getrunken.«

Was bildete sich dieses Arschloch überhaupt ein? Er hatte sich doch selbst daran gelabt. »Was hätte ich denn machen sollen? Das Zeug wäre sonst abgelaufen!«, rechtfertigte ich mich.

»Ja, vielleicht, aber es war Sommer!« Dieser selbstgerechte Hypokrit. Ich knirschte mit den Zähnen.

»Du weißt, wir lieben dich. Wir möchten dir doch nur helfen.« Wollte Theo mich nun beschwichtigen? Wahrscheinlich stand mir die Zornesröte mittlerweile im Gesicht. Mit welcher Begründung wollte sich der Kneipier beschweren? Es war nicht weit hergeholt, als ich die Tage im Vollrausch – zum Amüsement der anderen – getönt hatte, dass ich ihm seinen letzten Wagen finanziert hatte. Wenn einer davon profitierte, dass ich zu Alkohol nicht sein sagen konnte, dann ja wohl Theo.

»Weißt du noch, als du letzten Sonntag beim Frühschoppen vor meiner Gaststätte beim Rauchen den Jogger gesehen hast?« *Gaststätte? Lachhaft!* Das Stönkefitzchen war ein verdammtes Drecksloch, in dem übelstes Lumpenpack gastierte. Ich musste es ja wissen, schließlich war ich einer davon. »Der Typ hatte den Aufdruck ›*My Warm Up is your Workout*‹ auf seinem Shirt. Du hast ihm um elf Uhr strunzvoll hinterhergerufen, dass dein Vorglühen seine Alkoholvergiftung sei. Zugegeben, ein kruder Witz, aber wir haben in diesem Moment alle mitgelacht, aber es hatte doch einen verdammt bitteren Beigeschmack.«

Mittlerweile kam ich mir vor wie eine Comicfigur, aus deren dunkelrotem Kopf Dampf hochstieg.

»Komm mal runter und rauch dir erst einmal eine. Wir wollen dir nichts.« Das war typisch Wiesel. Genau in dem Augenblick, als ich mich über die dreiste Verurteilung dieser Pharisäer lautstark echauffieren wollte, klingelte es abermals. Alle ungebetenen Gäste sprachen zeitgleich: »Ich mach schon auf.«

Doch so leicht sollten sie sich nicht aus der Affäre ziehen.

»Ihr bleibt verdammt noch mal sitzen«, bestimmte ich, während ich – einmal mehr – zur Tür ging. Meine Laune war bereits auf dem Tiefpunkt angelangt, da sah ich meine beiden Erzeuger auf der Matte stehen und mir schwante Böses. Auch sie wiesen mich beim Eintreten auf den unangenehmen Geruch in der Wohnung hin.

Als sie bei den anderen Platz genommen hatten, stand Patrick auf. »Vielen Dank, dass ihr alle so zahlreich erschienen seid, um bei der dringend notwendigen Intervention mitzuwirken.«

Mehr Forum gab ich ihm nicht, sondern sprang auf und brüllte: »Scheiße! Hab ich euch darum gebeten? Wer gibt euch und ganz besonders euch …«, ich zeigte auf meine Clique, »… das Recht, über mich zu urteilen?« Jetzt war ich in Fahrt, sprang wie das hintergangene Rumpelstilzchen herum und war bereit, diesem verräterischen Haufen ordentlich einzuschenken. Wenigstens solange, bis ich in die tränenbenetzten Augen meiner

Mutter blickte und es mir schlagartig die Sprache verschlug.

Meine Mom stand auf und erhielt umgehend ungeteilte Aufmerksamkeit. »Deine Freunde haben recht, Junge. Wenn du in diesem Tempo weitermachst, dann bist du spätestens in fünf Jahren im Grab.« Sie ließ diese These im Raum stehen und setzte sich wieder neben meinen Vater, der tröstend seinen Arm um sie legte.

Zugegeben, das bewirkte etwas in mir. Es war nicht die Angst vor meinem vorzeitigen Ableben, aber meiner alten Mama Leid zuzufügen, das war nicht mein Bestreben. Auf jeden Fall hatte sie es geschafft, dass meine kurzzeitig auflodernde Wut urplötzlich verraucht war und ich tatsächlich inmitten meiner Freunde sowie Familie Platz nahm und mir ihre Argumente anhörte.

»Früher haben Touren mit dir echt Spaß gemacht. Aber inzwischen säufst du ja nur noch wie ein Fass ohne Boden. Es ist so, als wären nicht wir mehr deine Freunde, sondern nur noch Jim, Jack und Johnnie«, fiel Udos schonungslose Eröffnung aus, um mir unverhohlen den Spiegel vorzuhalten.

Judas Iskariot, dachte ich bei mir. Klar, ich bin wohl das, was der Volksmund als ›schlechten Umgang‹ bezeichnet, doch wenn diese Denunzianten mit mir unterwegs waren, hatten sie stets einen Heidenspaß. Meine erste Reaktion war, dass die Vorwürfe geradezu lächerlich waren, und es fühlte sich an, als ob mir meine vermeintlichen Freunde einer nach dem anderen ein Messer in den Rücken stießen. Ja gut, wir hatten ein paar exzessive Tage hinter uns, waren am Samstag sogar ungeplant in einem anderen Land aufgewacht, aber die Niederlande waren ja auch nicht weit entfernt von hier. Mich trieb doch nicht Thanatos, sondern vielmehr die Lust am Leben voran, oder etwa nicht?

»Es ist nicht nur die Sucht nach dem Alkohol. Du lässt dich insgesamt echt gehen, Mann. Du lebst jeden Tag so, als ob du das Letzte wärst«, führte Wiesel aus. »Auch die Mädels, die du mittlerweile fi…«, er schaute erschrocken zu meinen Eltern und bekam grade noch so die Kurve »… mit denen du verkehrst. Eben kam eine aus deiner Wohnung, die roch so dermaßen übel, das muss 'ne Obdachlose gewesen sein.«

Patrick zeigte demonstrativ mit dem Finger auf mich und meinte: »Eine Muselmanin. Die kam definitiv aus deinem Haus. Ich bin mir sicher, dass ich die hier immer noch riechen kann.«

Ich verzichtete auf die höchst peinliche Aufklärung, warum dieses arme Wesen meinen Gestank offenbar adaptiert hatte. So ging die Intervention eine gefühlte halbe Stunde weiter. ›Mangelnde Krankheitseinsicht‹ und ›Sucht‹ waren die am häufigsten genannten Wörter, die meine Jungs anekdotenhaft durch viele Beispiele belegten.

In mir geriet etwas ins Wanken. War ich wirklich krank und so blind, es selbst nicht zu erkennen? Ich war nicht mehr in der Lage, die Situation realistisch einzuordnen. Wenn ich Alkohol sah, waren da stets zwei Stimmen in mir. Die eine befahl mir förmlich: »Los, trink das. Sofort!«, während die andere meinte: »Hast du nicht gehört? Du sollst das jetzt trinken.«

Wurde ich just von meinen Wegbegleitern verraten und hingerichtet, oder sollte ich es als ein Höchstmaß an Vertrauen sowie wahrer Freundschaft einstufen?

Mein alter Herr, der bis dato als stiller Zuhörer teilgenommen hatte, nahm, nachdem er aufgestanden war, ein zusammengefaltetes Blatt Papier aus der Gesäßtasche seiner Jeans. »Mein Sohn, ich habe im Internet recherchiert, um dir die Mechanismen deiner Krankheit aufzuzeigen. Eine Suchterkrankung gründet auf einer Fehlsteuerung des Belohnungssystems. Im Gehirn werden bei dir Botenstoffe durch Alkohol aktiviert, dadurch hat dein Denkorgan gelernt, dieses Suchtmittel als positiven Reiz wahrzunehmen. Fehlt dieser, empfindest du ein Belohnungsdefizit. Die Folge dessen ist ein nicht mehr zu kontrollierender Wunsch nach dem Suchtmittel, sprich Alkohol.«

Wow, diese Worte von meinem eigenen Vater hören zu müssen, ja, das rührte etwas in mir. Ich rutschte unruhig auf dem Stuhl hin und her, während ich getroffen die Schultern sowie den Kopf hängen ließ. Dad legte seine Hand in meinen Nacken. »Und da wir gar nicht erst wollen, dass du solch einen Mangel erfährst, haben deine Ma und ich dir diesen einundzwanzig Jahre lang gereiften Glenlivet mitgebracht!«

Ich musste absolut belämmert aus der Wäsche geschaut haben. »Alles Gute zum Geburtstag, mein Junge!« Meine Eltern umarmten mich, und meine Kameraden lachten sich derweil scheckig.

»Ihr blöden Wichser! Ihr habt euch abgesprochen?« Meine Augen waren so groß wie die einer Manga-Figur und die Anspannung fiel von mir ab. »Um ein Haar, hätte ich euch miesen Drecksäcken geglaubt.« Immerhin war ich mittlerweile ja in der Tat versoffen genug, dass ich es schaffte, meinen eigenen Geburtstag zu vergessen.

»Komm schon, du hattest doch bereits Tränen in den Augen«, zog Udo mich auf, lachte schallend und brachte die oft zitierte Phrase: »Wer uns als Freunde hat, braucht keine Feinde.«

»Hier, das ist von mir.« Wiesel gab mir fast schon konspirativ eine Packung Arzneimittel, während meine Eltern sieben Whiskeygläser zum Anstoßen füllten.

»Wozu soll das gut sein?«

»Das ist Penicillin. Glaub mir, das wirst du irgendwann zu schätzen wissen.« Wiesel zwinkerte wissend und kratzte sich an seiner Körpermitte.

»Und genau deshalb kann dich keiner leiden«, flüsterte ich meinem geistig umnachteten Freund zu, als ich ihn umarmte.

Fast flüsternd reichte er mir noch einen Umschlag. »Hör mal, du hast doch als Schriftsteller gute Connections, oder?« Die Frage war ihm sichtlich unangenehm. »Hier ist ein Manuskript von mir. Vielleicht würdest du für mich ein gutes Wort einlegen.«

»Ehrensache«, antwortete ich und warf einen flüchtigen Blick auf den Inhalt mit dem Titel *Wiesels Autobiografie*. In meinen Kopf arbeitete ich bereits den Plan aus, dass ich ihn nächste Woche kontaktieren und ihm mitteilen würde, dass es für so einen Haufen Scheiße keinen Markt gäbe. Natürlich in dem Wissen, dass diese handgeschriebenen Seiten in Wirklichkeit pures Gold wert waren und ich mir somit Material für meine nächsten Veröffentlichungen in der Schublade sicherte. Damit konnte ich – verzeiht mir dieses kleine Wortspiel – aus dem Vollen schöpfen. »Aber mach dir bitte keine allzu großen Hoffnungen. Das Business ist ein verdammtes Haifischbecken«, nahm ich ihm gezielt erste Illusionen.

Udo war der Nächste, der mir ein kleines Präsent überreichte. Neugierig öffnete ich das in Zeitungspapier eingepackte Geschenk. »Strümpfe?«, fragte ich fast schon ein wenig enttäuscht.

»Du hast uns mal verraten, dass du deine Tennissocken nicht mal beim Pimpern ablegst.« Udo zuckte mit den Achseln, und er hatte recht. Selbst diesen miesen *Prank* hatte ich in Unterwäsche über mich ergehen lassen.

»Hier ist noch was.« Patrick überreichte mir etwas, in das zwei Knieschoner eingewickelt waren. Ein Hilfsmittel, das ich einem Fliesenleger zuordnen würde.

»Was in drei Teufels Namen ist das denn?«, wollte ich von ihm wissen.

»Na ja, ich kenne niemanden, der mehr Blowies hat als du. Du bist doch außerdem ein wahrer Gentleman, damit tust du deinem Bückstück was richtig Gutes.« Es dauerte einen Wimpernschlag, ehe ich um die Ecke gedacht hatte, aber hey, das war mal eine nachhaltige Idee! Zudem auch ein wenig schmeichelhaft. Den letzten Kommentar: »Deine Blowjob-Barbies werden ja auch nicht jünger« hätte er sich allerdings sparen können.

Der in Würde ergraute Theo überreichte mir ein handgeschriebenes Stück Papier, auf dem stand: *»Happy Hour für Baukowski. Einmal nur die Hälfte zahlen.«* Wow! Das musste dem alten Geizkragen aber ordentlich Überwindung gekostet haben.

Patrick nannte den Knauser hinter vorgehaltener Hand manchmal einen Angehörigen jener Sippe, die Jesus kaltgemacht haben.

»Oh, das wird 'ne Weltklassenacht, du Scheißkerl!« Ich klopfte ihm freudestrahlend auf die Schulter. Dann stießen wir auf den versoffensten aller Hurenböcke (O-Ton Udo) an, und selbst meine Eltern konnten sich dabei ein Grinsen nicht verkneifen. Wir ließen uns das edle Getränk schmecken und Wiesel erkannte, dass der Glenlivet im langen Abgang so richtig *Deep Throat* sei. Mit meinem neuen Gutschein wedelnd, lud ich alle in Theos Kaschemme ein, und wir begaben uns in den verfickten Orbit.

Kapitel 2

»Gin, Campari, Grand Marnier,
endlich tut der Schädel weh.
Mit Doornkaat und Mariacron
ins Delirium.«
Otto Waalkes – Wir haben Grund zum Feiern

Dieses Mal erwachte ich nicht in meinem warmen heimischen Bett, sondern auf einem arschkalten sowie ziemlich verdreckten Porzellanpott. Ich kannte diese Toilette nur zu gut. Hier drin hatte ich schon die ein oder andere Nummer geschoben. Im Eifer des Gefechts waren mir die augenscheinlichen hygienischen Defizite und auch die omnipräsenten Gerüche menschlicher Ausscheidungen ziemlich Latte, aber mit diesem erstklassigen Kater war das eine andere Hausnummer. Im letzten Augenblick schaffte ich es mit staksigem Gang sowie heruntergelassener Hose zum Waschbecken und kotzte dort hinein. Nachdem der Abfluss die bräunlichen Reste meines Erbrochenen verschlungen hatte, spülte ich meinen Mund aus und benetzte mein Gesicht mit eiskaltem Wasser. Torkelnd kehrte ich zu dem Pott zurück, um mein Geschäft zu beenden, bei dem ich offenbar eingeschlafen war. Zu meinem Leidwesen waren die Kackreste mittlerweile so fest eingetrocknet, dass ich meinen Arschhaaren lediglich eine einzelne Klabusterbeere entreißen konnte. Ich zog mir die Hosen hoch und schwankte zurück in Richtung Theke.

»Baukowski!«, fluchte Theo, nachdem er sichtbar erschrocken zusammengezuckt war. »Scheiße, wo kommst du denn her?«

»Na ja, Scheiße triffts ganz gut«, grummelte ich und zeigte Richtung Abort.

»Du hast doch nicht etwa hier übernachtet?«

Ich zuckte mit den Achseln. Der Wirt musterte mich daraufhin von Kopf bis Fuß und erkannte, dass er richtiglag. »Du hast bis heute Morgen heftig gebechert. Wiesel und du seid meine letzten Gäste gewesen und plötzlich wart ihr weg. Ich bin davon ausgegangen, dass es euch heimwärts gezogen hat. Dachte, ihr hättet nichts gesagt, um wie üblich die Zeche zu prellen.«

Mit einem Kopfschütteln wuchtete ich meinen stinkenden Allerwertesten auf den Barhocker, brummte etwas, das so ähnlich wie »Bier« klang und legte meinen zerknüllten Gutschein sowie einige Scheinchen auf den Tresen.

»In zwanzig Minuten mache ich wieder auf. Du solltest nach Hause gehen und erst mal duschen«, schlug Theo vor. »Du stinkst wie ein Iltis.«

»Brauch erst mal ’n Konterbier.«

»Du hast ’nen Kater?« folgerte Theo daraus. »Da habe ich genau das Richtige für dich.« Er begann hinter der Theke aus verschiedenen Flaschen etwas zu kreieren. Dann setzte er mir ein Literglas mit dunkelbraunem Inhalt vor die vernebelten Augen.

»Was’n das?«, wollte ich wissen.

»Mein Geheimrezept«, gab der Graubärtige nicht ohne Stolz von sich. »Darin befindet sich unter anderem

Schwarz- und Malzbier, ein Schuss Coke sowie jede Menge Mariacron.«

Argwöhnisch nippte ich an dem großen Glas, welches ich mit zwei Händen festhalten musste und war überrascht, wie gut diese gewagte Mischung schmeckte.

»Ein Ticken zu süß, aber wahrlich nicht schlecht«, gab ich anerkennend von mir. »Wie nennst du es?«

»Das ist *Theos Katerfrei*«, gab er mit stolzgeschwellter Brust von sich, und ich musste über diesen einfallslosen Namen lachen.

»Das klingt doch kacke. Da fällt mir bestimmt noch was Kreativeres ein.« Aber was hatte ich schon von jemanden erwartet, der seine Pinte ›Zum Stönkefitzchen‹ nennt.

Mit einem eingeschnappten Naserümpfen ging er zum Eingang, um seine Wirtschaft aufzuschließen. In diesem Augenblick kam etwas, das wie ein Zombie aussah, aus der Damentoilette geschlurft.

»Heilige Scheiße, Wiesel! Hast du etwa auch hier gepennt?«, rief Theo vom Eingang.

»Was weiß ich? Ich war im verfickten Orbit«, sagte mein kleiner, offenbar ebenfalls von den Nachwehen des Alkohols leidgeplagter Freund mit ungewohnt tiefer Stimme. *Moment mal, Orbit?* Das war eine Redensart, die wir regelmäßig verwendeten, und ich schrieb sie mir hinter die Ohren.

»Theo, mach meinem soziopathischen Kumpel doch auch mal einen ›Orbit‹. Das Zeug wirkt wahre Wunder.«

Auch wenn dem Wirt die aufgezwungene Namenswahl nicht wirklich behagte, schenkte er auch Wiesel ein. Erst jetzt, als ich mich in dem fast leeren Laden umsah, fiel mir auf, dass Theo eine Leinwand und auch einen Beamer in seiner Kaschemme installiert hatte.

»Was soll das denn?«, erkundigte ich mich bei ihm.

»Hast du's etwa schon vergessen?«

Und bereits als er es erzählte, kehrte die Erinnerung zurück. Theo war auf diesen Gutmenschenzug aufgesprungen. Er warb nun offensiv ›Gegen das Vergessen‹ (oder ›Gegen das Vergasen‹, wie Wiesel es zynisch umbenannte). Versteht mich nicht falsch, wäre sein Anliegen integrer Natur, wäre es ja durchaus unterstützenswert, aber die Wahrheit war, dass seine Geschäfte absolut mäßig liefen, und er aus dieser Intention heraus mit Hilfe der solidarischen Toleranzwelle seine Kasse zu füllen versuchte. Erst jüngst hatte er tatsächlich bei der Stadt vergeblich einen Antrag gestellt, dass sein Keller als Flüchtlingsunterkunft anerkannt würde. Heute Abend wollte er tatsächlich *Schindlers Liste* vorführen.

»Ach ja, ich *vergaß*.« Jetzt merkte ich erst, welche unpassende Wortwahl ich mir unwillkürlich zu eigen gemacht hatte. »Theo«, ich musste lachen, »bei allem Respekt, aber wer kommt in diese runtergerockte Spelunke und zieht sich ein Werk rein, das mit sieben verdammten Oscars ausgezeichnet wurde?«

»Wahrscheinlich ist das grade hier die Ruhe vor dem *Volks*sturm«, setzte Wiesel noch einen drauf.

»Deine Stammkundschaft kann höchstens Slayers *Angel of Death* mitgrölen.« Noch während Wiesel und ich mich darüber amüsierten und Tom Araya vor meinem geistigen Auge sowie meinem geistigen Ohr *Auschwitz, the Meaning of Pain* ausspie, öffnete sich die Tür und drei junge Männer und ein Mädchen betraten die Kneipe.

Der eine hatte einen blauen Irokesenschnitt. Wie an den Patches und der Kleidung eindeutig zu erkennen, waren die vier subkulturell der Punk-Szene zuzuordnen.

Theo grinste uns mit einem Gewinnerlächeln an.

»Ach«, winkte ich ab. »Mach mir lieber noch mal einen *fucking* Orbit.« Nach einem Liter waren meine anfänglichen Leiden nämlich mittlerweile passé.

Abermals öffnete sich die Tür und ein Pärchen mittleren Alters stiefelte herein. Die beiden sahen ziemlich alternativ aus. Er war hochgewachsen, breitschultrig und trug lange dunkle Dreadlocks. Sie war fast zwei Köpfe kleiner, und ihre blonden Haare waren ebenfalls verfilzt. Beide setzten sich an einen runden Tisch, sie packte ein Paket Rotztücher aus und meinte zu ihrem Begleiter: »Ich liebe so intensive Filme, an deren Ende ich ein Taschentuch brauche.«

»Ich auch!«, rief Wiesel ihr von der Theke aus zu und machte eine anzügliche Bewegung mit seiner Hand. Dem Seuchenvogel neben ihr gefiel Wiesels Spruch offenbar gar nicht, doch sie konnte ihn beruhigen.

»Ich geh mal zum Pott und mache NS.« Die letzten Buchstaben gab ich unangebracht laut von mir und provozierte somit weiter.

»Er meint Natursekt«, erklärte sich Theo verärgert sowie gespielt beschämt gegenüber seinem neuen Publikum.

Als ich von den Toiletten zurückkam, gab es eine deutliche Ansprache unseres Wirts, ehe wir uns weiter einen hinter die Binde (Redensart, nix weibliche Unannehmlichkeit) gießen konnten.

»Passt jetzt gut auf, ihr beiden. Ich will heute keinen Ärger in meinem Laden. In einer Stunde beginnt der Film, und du wirst dich verdammt noch mal benehmen!« Theos eindringliche Worte schienen Wirkung zu zeigen. Mein Kumpel schaute wie ein Unschuldslamm drein.

Jetzt darf man schon nicht mal mehr Negerkuss oder Zigeunerschnitzel sagen, ist wohl nur eine Frage der Zeit, bis auch Führerschein *zensiert wird*, dachte ich bei mir. Ich sagte allerdings Folgendes: »Hör mal zu, du Gesinnungsju…, äh, Geldgeier. Wenn du aus reiner Profitgier deinen Puff in einen Jugendtreff für Antifanten verwandelst, ist das deine Sache. Aber hier ist auch unser Zuhause, und wir lassen uns doch unseren Humor nicht nehmen.«

Meine Ansage fand offenbar Gehör, denn Theo ging einen Wimpernschlag in sich und dachte nach. Er kramte in seinem Bereich und setzte uns je einen weiteren Liter des süßen braunen Getränks vor. »Die gehen auf mich, allerdings nur unter der Prämisse, dass ihr euch zusammenreißt.« Seine harte Fassade bröckelte und jetzt flehte er uns förmlich an. »Ich bitte euch inständig. Nur dieses eine verfluchte Mal.«

»Tel Aviv, äääh, *c'est la vie*«, meinte ich achselzuckend zu meinem kleinen Freund. »Du bist ja käuflich, wie eine billige Straßendirne …, aber wir sind es auch«, gab ich gezwungenermaßen zu.«

Auch Wiesel stimmte ein und wir stießen mit einem viel zu lautem *Masel tov* an. Eine Maus oder reine Ratte huschte durch die Kaschemme.

»Theo, du musst echt mal was gegen die Neger tun.«

Dem Wirt hatte es die Sprache verschlagen und er erhob nach Luft schnappend den Zeigefinger.

»Äh, Nager natürlich! Verdammt, ich meinte Nager!«, korrigierte ich mich umgehend.

Wir informierten Patrick und Udo, dass hier – im wahrsten Sinne des Wortes – der Punk abging und wir nicht nur unsere Lampen anhatten, sondern bereits eher zwei verdammte Flutlichter. Eine halbe Stunde später standen die Jungs bei uns und sahen sich ungläubig in dem mittlerweile gut gefüllten Laden um.

»Ernsthaft? *Schindlers Liste*?«, hakte Udo bei Theo nach, und ich war froh, dass andere ebenso alkoholbedingte Aussetzer hatten und sich an dieses Event nicht erinnerten.

»Wenn ich mich hier umsehe, wäre bei dem Klientel *Alarmstufe: Rot* eher angebracht«, kommentierte Patrick, und im Kontext seiner Haarfarbe fand ich es gleich doppelt amüsant.

»Ach, Wiesel, da fällt mir ein, du hast immer noch den Porno, den ich dir mal geliehen hatte. *Schindler pisste*«, meinte Udo trocken, doch unser Kleinster lachte nicht mit, sondern zeigte in Richtung Theo und symbolisierte mit seiner Hand einen Reißverschluss vor dem Mund.

Der Wirt hatte alle Hände voll mit seiner neuen Kundschaft zu tun, sodass er mit Udo und Patrick keinen Schweigepflicht-Deal ausgehandelt hatte.

Patrick war der Erste in unserer Runde, der lautstark seinen *Bad-Taste*-Humor zum Besten gab, während er an seinem Bier nippte. »Die Plörre hier hat viel zu wenig Kohlensäure. Dreh doch mal den Gashahn auf!«

Theo strafte den Rothaarigen mit einem finsteren Blick, da der Gag bei seiner neuen Kundschaft auf wenig Gegenliebe stieß.

Udo setzte nach und fragte übertrieben laut: »Sag mal, hast du auch *Lager*-Bier?«

Wieder verschwanden die Dollarzeichen in Theos Augen für einen kurzen Augenblick und wichen einem bösen Blick. Er fauchte uns an. »Das ist verdammt noch mal nicht komisch, Jungs.«

Das sah Wiesel offenbar anders und setzte sichtlich amüsiert einen drauf, womit er den Deal mit Theo brach. »Na ja, Hauptsache gebraut nach dem deutschen Reinheitsgebot …«

Jetzt stand der große Rastafrisi-Typ von eben auf und dieses Mal konnte seine Schnecke ihn nicht zurückhalten. Die Blicke aller Anwesenden waren auf ihn gerichtet. Der Großgewachsene baute sich vor Wiesel auf und überragte ihn um gut zwei Köpfe. Irgendwie sah er aus wie eine sprechende Salzstange. »Hört mal, Jungs. Kein Schwein kann über eure dämlichen und rassistischen Sprüche lachen.« Er machte demonstrativ mit seinem Arm eine ausladende Bewegung durch unsere Kneipe. Ein paar andere Gäste stimmten ihm verbal zu. »Wie wäre es, wenn ihr euch einfach von hier verpisst?«

Theo wollte noch intervenieren und den Gast besänftigen, aber ich sah es in Wiesels Augen – es war bereits zu spät. Aus seinem Laden hinauskomplimentiert zu werden, behagte ihm gar nicht. Mit einem Zähneknirschen sagte er noch: »Tja, wer A sagt, muss auch dolf sagen …« Dann schnellte seine Rechte vor und verpasste dem Pseudohippie einen Volltreffer in die Weichteile.

Diese unehrenhafte Technik der Mannstoppwirkung sollte im Laufe des Abends noch unter dem Namen ›Nussknacker‹ in die Geschichte des Stönkefitzchens eingehen.

Vor rasenden Schmerzen krümmte sich der Getroffene nach vorn. In genau dem Moment rammte Wiesel sein Knie gegen den Kopf seines Gegners, dessen Freundin laut kreischte. Fünf junge Männer, die sich zuvor am Nebentisch zusammengefunden hatten, standen nun auf und wollten offenbar mitmischen, doch Patrick und Udo erstickten deren Versuch im Keim, indem sie ihre Biergläser sowie einen Barhocker in Richtung der potenziellen Angreifer warfen. Während der Besitzer dieses edlen *Etablissements* wie ein Berserker tobte, da seine schlimmsten Befürchtungen eingetroffen waren, nahm ich mit einem süffisanten Grinsen einen weiteren großen Schluck Orbit und genoss die Show. Ein Bild für Götter. Es war ein Szenario wie in einer klassischen Wild-West-Schlägerei im Saloon, inklusive fliegender Stühle und brechendem Glas.

Der Rothaarige verteilte laut klatschende Backpfeifen, und der Stämmigste von uns hatte einen der Lumpenbande im Schwitzkasten und verpasste einem anderen derweil einen Dampfhammer in guter alter Bud-Spencer-Manier. Unser Kleinster wurde vom Filzhaar-Mann, der inzwischen wieder auf den Beinen war, durch den hinteren Teil der Kneipe gejagt. Ich ging zum Billardtisch, nahm einen Queue und zog ihm Wiesels Verfolger von hinten drüber. Das Holz splitterte, doch der Hüne war immer noch nicht ausgeschaltet. Jetzt drehte er sich zu mir und wollte mir ans Leder. In seinen Augen blitzte abgrundtiefer Hass auf. Mit beiden Händen packte er mich am Kragen und hob mich spielend leicht hoch, sodass meine Schuhe nicht mehr den Boden berührten. Abrupt ließ er mich los, verdrehte die Augen und sackte zusammen. Hinter ihm stand Wiesel mit der schwarzen Billardkugel in der Hand. Die eine Hälfte, die sich nicht an dieser amtlichen Kneipenschlägerei betätigt hatte, war in der Zwischenzeit aus dem Schuppen geflüchtet. Unter lautem Ächzen und Stöhnen sammelten sich die Besiegten und zogen nun ebenfalls von dannen.

In der Kneipe war einiges zu Bruch gegangen. Tausende Glassplitter lagen auf dem Boden. Stühle und sogar ein Tisch waren nur noch Sperrmüll (nicht, dass es jemals hochwertige Möbel gewesen wären).

Theo massierte sich mit beiden Händen die Schläfen. Der alte Sparfuchs zog wahrscheinlich Bilanz, wie bei ihm der Schaden finanziell zu Buche schlug. Dann färbte sich sein Gesicht dunkelrot und seine Oberlippe zitterte unter seinem voluminösen Bart. Er kam auf Wiesel zu und schrie ihn stellvertretend für alle an: »Um was, verdammt noch mal, habe ich euch gebeten?«

Als mein Freund stumm blieb, wiederholte er die Frage.

»Na ja, wir sollten keine dummen Sprüche bringen, und streng genommen habe ich mich fast ganz darangehalten«, rechtfertigte sich Wiesel.

»Halt dein Schandmaul, Junge! Du hast den Großen attackiert.«

Wiesel schaute peinlich berührt zu Boden.

»Nicht nur, dass ihr mir meine neue Kundschaft vergrault habt, die ich im Übrigen bitter nötig gehabt hätte, wegen deiner Scheiße wird meine Wirtschaft ganz üble Publicity erhalten. ›Kneipenkeilerei bei einem Anti-Holocaustfilm.‹ Mal ehrlich, wie wirkt das auf Außenstehende?«

»Ach komm schon, Theo. Du weißt, dass wir keine Rassisten sind. Wir hassen alle Menschen«, kommentierte Udo ungewohnt kleinlaut.

»Ja, *ich* weiß das, aber die linke Schickeria wird das anders sehen. Sind halt Scheißzeiten, alles wird politisiert und in alles irgendein Mist hineininterpretiert. Fakt ist, ich kann es mir nicht leisten, mich im Fadenkreuz der Antifa zu befinden. Die extreme Linke ist keinen Deut besser als ihr braunes Pendant. Ehe ich demnächst feige Tränengas- oder Buttersäureangriffe über mich ergehen muss, werde ich meinen Laden endgültig schließen. Ich stehe hier sprichwörtlich vor den Scherben meiner Existenz.«

Jetzt war es genug und ich bezog Partei für meine Freunde. »Da ist doch Schwachsinn, Theo. *Fuck Politics!* Wir haben doch nur unseren Laden verteidigt. Das hier ist unser verdammtes Zuhause! Scheiße, Wiesel und ich sind seit etwa vierundzwanzig Stunden hier. Klar, unser Humor ist nicht jedermanns Sache, und ich gebe zu, dass wir versoffene Provokateure sind, aber wenn uns jemand in unserem eigenen Heim zum Tanz auffordert, dann gibt es halt mal eins auf die Zwölf, und es spielt dabei keine Rolle, wer da vor uns steht.« Jetzt war ich in voller Fahrt und hielt eine flammende Rede zur Legitimation unserer Kampfhandlung, schließlich hatte ich mittlerweile bereits eine ganze Flasche Mariacron im Sack.

»Ich bin da voll bei dir«, stimmte Theo mir, mit in Falten gelegter Stirn nach meinem Vortrag zu. »Aber ich will ehrlich sein: Mein Traum ist ausgeträumt. Ich habe Schulden, und mein Laden liegt in Trümmern. Ob ihr es wollt oder nicht, ich werde mein Fitzchen schließen müssen.«

Das war wie ein unerwarteter Hieb in die Magengrube. Auf den Schock mussten wir uns alle erst mal was Scharfes zu Gemüte führen. Wir gingen mit unserem Wirt in Dialog, doch Theos Entscheidung stand fest. Irgendwann fragte ich Theo, um wie viel Geld es genau ging, und dann kam mir eine Idee. »Was ist, wenn wir die Kröten für dich auftreiben?«

»Freunde, das kann ich wohl kaum von euch verlangen.«

Wiesels darauffolgendes Brainstorming fiel lautstark aus.

»Wir könnten ein Musik-Festival organisieren!«

»Erinnert mich an das *Wayne's-World*-Sequel«, bemerkte Patrick.

»Jetzt hab ichs. Wir könnten deinen Orbit im großen Stil verkaufen!«

»Klingt nach der Episode *Flaming Moe* von den *Simpsons*«, erkannte Udo.

Etwas ausgebremst versuchte Wiesel es nur noch halbherzig. »Wir könnten ja 'ne Zeitmaschine bauen und …«

»Das gibts in gefühlt jeder Staffel von *Family Guy*. Sag mal, hast du auch was in petto, das nicht unmittelbar vom Fernsehen beeinflusst ist?«, unterbrach ich meinen kleinen Freund leicht gereizt.

Wir alle schwiegen, tranken und schwiegen weiter.

Plötzlich sah Udo mich an und fragte: »Warum machst du hier nicht was? Vielleicht ’ne Lesung oder so?«

Na super. Für einen kurzen Wimpernschlag dachte ich, dass wenigstens er was Gescheites beisteuern konnte. Das war die nächste Schnapsidee, doch auch Patrick stimmte mit ein.

»Das könnte funktionieren. Mach irgendwas Exklusives, etwas, das deine Leser anzieht und ihnen das Geld in den Taschen lockermacht.«

Auch Wiesel war nun wieder dabei: »Vielleicht so ’nen Charity-Bullshit. Was für krebskranke Kinder oder so. Diese Scheiße zieht voll. Wir tun so, als würden wir die eingenommene Kohle spenden, stecken stattdessen aber alles in Theos Laden!«

Ich dachte tatsächlich kurz darüber nach, doch verwarf den Gedanken wieder. Es war moralisch verwerflich und zutiefst niederträchtig, doch das war es nicht, was mich störte. Allerdings war mir die Solidaritätsnummer einfach zu heiß und die Folgen des Auffliegens zu risikoreich. Die Jungs – und irgendwann sogar Theo – redeten solange auf mich ein, bis ich mich tatsächlich breitschlagen ließ, eine Veranstaltung in meinen Namen in dieser Klitsche zu starten.

Irgendwann in der Nacht trottete ich volltrunken heim, nachdem unser ewiger Fahrer Wiesel mich abgesetzt hatte. Ich staunte nicht schlecht, als ich ein bekanntes Gesicht vor meiner Haustür entdeckte. Es war Jasmin (nein, so hieß sie nicht wirklich, aber doch so ähnlich, oder wie war das noch mal?). Jedenfalls mein jüngster Frauenbesuch.

»Hey, Bauko, ich war gerade in der Nähe, da dachte ich, ich schau mal kurz vorbei.«

Das war eine glatte Lüge, und ich fragte mich, wie viele Stunden sie hier schon ausgeharrt und auf mich gewartet hatte. Mein vom Alkohol getrübter Blick wanderte zu meinem linken Handgelenk, an der sich keine Armbanduhr befand. »Schätze, wir haben drei Uhr nachts …«

Sie schaute peinlich berührt zu Boden.

Im Normalfall bin ich kein Freund von wiederkehrenden Muschis und liebe die verschiedenen Früchte, die Mutter Natur mir bietet, aber ich war randvoll und verdammt noch mal geil! Geduscht hatte ich zwar immer noch nicht – und ich hatte es bitter nötig –, aber die Kleine hatten meine Körperausdünstungen bisher ja nun nicht gerade abgetörnt. Ich zog sie an mich ran und verpasste ihr einen ausgiebigen leidenschaftlichen Kuss (definitiv filmreif). Anschließend bat ich sie, meine Tür aufzuschließen, da ich auch beim dritten Versuch alkoholbedingt das Schlüsselloch nicht traf (na gut, weniger filmreif).

Der darauffolgende Sex brachte mein Bett zum Knarzen und Quietschen, wir benutzen die Matratze fast schon als Trampolin. Die Folge war, dass der Lattenrost dem nicht standhielt, aber im Eifer des Gefechts konnte uns auch das nicht bremsen. Nach dieser wirklich guten und animalischen Nummer lag sie erschöpft in meinen Armen. Mit der Glut meiner Zigarette schrieb ich ihr anzügliche Kosenamen in die Dunkelheit des Schlafzimmers.

Jasmin kicherte wie ein Schulmädchen über meine kindische Seite, und der empathische Teil in mir warnte mich, dass spätestens jetzt der Moment gekommen war, in dem sich das Mädchen hoffnungslos in mich verliebt hatte.

Irgendwann fragte mich Jasmin, wen von meinen Freunden ich am längsten kenne würde.

»Wiesel!« Und natürlich wollte sie nun die dazugehörige Geschichte hören.

Kapitel 3

Alles was gute Erinnerungen hervorruft, kann nicht ganz schlecht sein.
Adam West

An meine erste Begegnung mit Wiesel kann ich mich heute noch sehr gut erinnern. Für uns Jungspunde begann mit dem Übergang in die fünfte Klasse und dem einhergehenden Schulwechsel ein neuer Abschnitt. Wir waren nervös aber auch voller unausgesprochener Vorfreude. Uns alle brachte ein Schulbus zur neuen Erlebnisstätte. Zumindest fast alle. Wiesel wurde via Pkw gebracht, und das Auto fuhr zudem noch direkt vor dem Eingang vor. Er stieg aus und plötzlich verstummten alle Kinder, die sich auf dem Schulgelände beschnupperten, sich angeregt unterhielten oder auch tobten. In einem Western wäre wohl jetzt ein Steppenläufer vorbeigeflogen. Dieser Typ hatte tatsächlich eine Mischung aus Seemannsoutfit und Pfadfinderkluft an, inklusive eine Art Matrosenmütze und einem blauen Halstuch! Mit einem selten erlebten Selbstbewusstsein stolzierte er wie ein König die Treppen zum Eingang hoch.

Plötzlich quetschte sich eine wirklich massige Gestalt hinter dem Lenkrad hervor und rief: »Schatzipups, du hast deine Brotdose vergessen.«

Das war der Augenblick als das Schweigen gebrochen wurde und alle Kids – ausnahmslos alle –, inbrünstig lachten. Nicht wenige zeigten mit ihren Fingern auf den Sonderling. Er war das geborene Mobbingopfer. Ich würde mich nicht wundern, wenn ich heutzutage im

Duden genau jenes Bild von ihm erblicken würde. Damals war Mobbing ja nicht so medienpräsent wie es heutzutage der Fall ist.

Als ob er das alles gar nicht wahrzunehmen schien, ging er zu der schwer übergewichtigen Frau, nahm seinen Pausensnack entgegen, gab ihr einen dicken Kuss auf den Mund und sagte: »Ich liebe dich, Ma.« Dann ging der Hänfling unbeeindruckt in die neue Schule.

In der neuen Klasse angekommen, nahm ich wahr, dass dieser seltsame Typ auch Teil von uns war. Während wir noch aufgeregt herumbalgten, setzte sich Wiesel an seinen Platz und legte pedantisch seine Accessoires wie Bleistift, Spitzer und Radiergummi neben den obligatorischen Füller auf seinem Pult zurecht. Viele der Kids hatten Rucksäcke mit Bildern aus TV-Cartoons. Die *Masters of the Universe* standen bei einigen hoch im Kurs. Einer hatte – ganz modern – sogar *Transformers*. Wiesel hingegen besaß eine Aktentasche aus Leder.

Die Tische waren für zwei Personen ausgerichtet, doch wenig überraschend saß der Kurzgewachsene allein. Als unsere neue Klassenlehrerin, Frau Obertür, den Raum betrat, wurde es still. Sie las unsere Namen vor und teilte uns den Sitzpartnern zu. Zu meinem Glück oder Unglück – je nach Sichtweise – wurde ich dem wohl mit Abstand unbeliebtesten Jungen der gesamten Schule zugewiesen. Zähneknirschend nahm ich neben dem Außenseiter Platz. Den ersten Satz, den dieser elfjährige Junge zu mir sprach, war: »Wow, die Paukerin sieht in ihrem Rock verdammt heiß aus, oder?«

»Bist du irre?«, flüsterte ich ihm hinter vorgehaltener Hand rüber. »Die Oma ist bestimmt über fünfundvierzig

Jahre alt!« Ja gut, was soll ich sagen? Damals wusste ich es halt noch nicht besser und lebte mit dem Gefühl, selbst nie alt zu werden. »Die hat sogar schon 'nen Damenbart-Flaum!«

»Ich stehe auf so dralle Teilchen. Ich bin mir zwar noch nicht ganz sicher, wie es funktioniert, aber ich werde mit ihr Liebe machen.«

Wie gesagt, sein Ego war damals schon erstaunlich. In unserer ersten Pause nahm ich Abstand von dem Spinner und checkte meine Klassenkameraden ab. Es waren die typischen kindlichen Schulhof-Themen seinerzeit. »Hast du 'nen Hubba Bubba?«, »Wen findest du cooler? Michael Knight, B.A. Baracus oder Sonny Crockett?«, »Weißt du wo das Benzin für die Kettensäge bei *Maniac Mansion* zu finden ist?« oder »Kennst du den Horrorstreifen *Tanz der Teufel*?«

Es dauerte nicht lange, da kam eine Gruppe älterer Kids zu uns. Die Neulinge provozierten uns und wollten offenbar ihre Macht demonstrieren. Als sie Wiesel allein in einer Ecke stehend entdeckten, waren wir anderen aus dem Schneider, und der Hänfling machte Bekanntschaft mit der versifften Mülltonne. Sein schäbiges Outfit war hinüber, und er stank wie Fuchsscheiße.

Nach zwei weiteren Schulstunden stand eine weitere Pause an. Wiesel fragte die Klassenlehrerin, ob er diese im Gebäude verbringen dürfte, er würde viel lieber lesen, als sich draußen die Beine in den Bauch zu stehen.

Frau Obertür war jedoch der Ansicht, dass ein wenig Vitamin D zu tanken gut für den blassen Jungen sei.

Da jeder den Kontakt zu ihm mied, suchte er in seiner Not wohl mich auf, wahrscheinlich weil ich der Einzige war, der überhaupt ein Wort mit ihm gewechselt hatte.

»Hey, kann ich ein bisschen mit dir abhängen?«

Der Typ regte tatsächlich mein marginal vorhandenes Mitgefühl, aber ich wollte nicht mit ihm in der Tonne landen. Wiesel war für jegliches Prestige Gift, und in dem jungen Alter war einem das eigene Image noch so verflucht wichtig. Ich wollte ihm gerade eine Abfuhr erteilen, als ich sah, dass die Älteren bereits im Anmarsch waren. Auch Wiesels Blick wanderte nervös in deren Richtung, dann sah er mich Hilfe suchend an.

»Ach Scheiße, du darfst dich nicht von solchen Idioten herumschubsen lassen. Auch wenn du einkassierst, wehr dich und zeig ihnen, dass du Eier hast.«

Das zauberte ihm kurz ein breites Grinsen ins Gesicht. Die insgesamt sieben älteren Jungs schubsten mich grob beiseite und positionierten sich um den nicht gerade beneidenswerten Fünftklässler.

Dann geschah etwas, was mir nachhaltig imponierte. Ehe die Typen ihn runterputzen konnten, zog Wiesel seine Hose herunter und brüllte ihnen entgegen, während er an seinem bereits gut ausgeprägten und behaarten Skrotum nestelte: »Kommt nur her, einer nach dem anderen. Ich habe verdammt noch mal Eier!«

Verdammt. Der Vollpfosten hatte es tatsächlich wörtlich aufgefasst. Ohne es zu wollen, hatte ich seine Situation noch verschlimmert und ihn richtig tief in die Scheiße geritten. Ich nutzte den Augenblick der Verwirrung der Heranwachsenden und schubste zwei von ihnen von hinten zur Seite, sodass ich mir Wiesel schnappen konnte und ihm befahl, Fersengeld zu geben.

Wir zwei liefen so schnell wir konnten, und es dauerte nur wenige Sekunden, bis uns die Gruppe folgte. Da hier draußen kein sicherer Platz für uns war, folgte mir Wiesel in das Schulgebäude direkt in die Toiletten. Wir gingen die Pissrinne entlang bis zum Ende. Ich öffnete eine der beiden Türen, damit wir uns dort verstecken konnten, doch das Klo war besetzt.

Ein rothaariger Junge, vielleicht ein, höchstens zwei Jahre älter als wir, saß auf dem Pott und wedelte sich in diesem herrlichen Ambiente einen von der Palme. »Verdammte Axt! Kann man hier nicht mal in Ruhe … äh, kacken?«

Da in diesem Augenblick die Tür zum Scheißhaus aufgestoßen wurde, blieb uns nichts anderes übrig, als uns schleunigst in die beengte Kabine zu quetschen – sehr zum Leidwesen des Selbstberührers, der uns dafür lauthals verfluchte.

Johlend kamen unsere Verfolger in den nach beißendem Urin und kaltem Rauch stinkenden Raum. Im Nachhinein fällt mir auf, dass mich der Geruch doch verdammt noch mal an das Stönkefitzchen erinnerte.

»Wir wissen, dass ihr hier seid!«, rief einer.

Ein anderer meinte: »Es gibt kein Entkommen für euch, Schwanzlutscher. Jetzt gibts Keile.«

Die erste Klotür wurde geöffnet. Jetzt konnte es sich nur noch um Sekunden handeln, bis wir entdeckt und verdroschen wurden.

Die Mannschaft stand nun vor unserer Toilette. Wiesel schaute mich eingeschüchtert an, und der Rothaarige war damit beschäftigt, seinen mittlerweile erschlafften Penis einzupacken.

Ich flüsterte: »Wir kriegen jetzt zwar ordentlich auf die Fresse, aber wir werden nicht einfach so kampflos untergehen.« Mit einem »Angriff ist die beste Verteidigung«, schwang ich die mit zahlreichen anzüglichen Sprüchen verzierte Tür auf und warf den ersten der Rowdys zu Boden. Den Nächstbesten, der diese Aktion nicht erwartet hatte, schlug ich ebenfalls nieder. Wiesel tat es mir nun gleich und sprang einen unserer Angreifer an. Unser dritter Mann im Bunde fühlte sich wohl dazu berufen, uns beizustehen und ließ seine Fäuste sprechen.

Ich würde jetzt gern erzählen, dass wir unsere Gegner triumphal in die Flucht geschlagen hatten, aber das war dann doch nicht so ganz der Fall. Wir teilten zwar ordentlich aus, kassierten aber letztlich eine Niederlage. Nichtsdestotrotz führte unser offensives Verhalten dazu, dass wir uns so Respekt von unseren Widersachern verdient hatten und die Rüpel uns fortan in Ruhe ließen.

Als wir uns aufgerappelt hatten und unsere halb so wilden Wunden leckten, stellte ich mich bei unserem neuen Mitstreiter vor – und dieser stellte sich als Patrick heraus.

»Warum hast du mitgemacht?«, wollte ich von ihm wissen.

»Ach, ich hab da dieses Aggressionsproblem, sagt jedenfalls der Arzt. Ich spiel in der Pause normalerweise 'ne Runde Pimmelbingo, dann komme ich in der Regel runter und na ja, ich wurde halt unterbrochen …«

Wir bedankten uns bei ihm und gingen zurück in die Klasse. Natürlich kamen wir zu spät, doch da es der erste Tag in der neuen Schule war, ließ Frau Obertür wohl Gnade walten.

Am zweiten Tag setzte ich mich zwangsläufig wieder neben Wiesel. Sein Outfit war sogar noch extravaganter als am Vortag. Dieses Mal würde ich es glatt als eine Mischung aus bayrischer Tracht und Pennywise beschreiben (letzteren natürlich retroperspektivisch, denn das Buch las ich erst Ende der 1980er). Definitiv sehr gewagt. Er redete ununterbrochen, und mir kam es so vor, als ginge er nun davon aus, dass wir seit der gestrigen – notgedrungenen – Verbrüderung *Best Friends* wären. Das waren wir aber nun einmal nicht. Mitleid macht keine Freunde. Also fuhr ich ihn bewusst grob an, um keine falschen Erwartungen in ihm zu wecken. »Hör zu, das gestern, das war nur eine Ausnahme. Meine künftige Aufgabe besteht nicht darin, dass ich mich um dich kümmere. Ich bin nicht dein verdammter Babysitter.«

Das hatte gesessen. Endlich war er still, aber das Gefühl, welches sich in meiner Magengegend breitmachte, war ganz und gar nicht gut. Nach einer Weile flüsterte er mir im Unterricht zu: »Warum hast du mir dann geholfen?«

»Du hast mir leidgetan«, gab ich ehrlich zu Protokoll.

Jetzt schien er zu nachzudenken. »Aber ich benötige deine Hilfe. Ich will Frau Obertür zeigen, dass ich ein Mann bin!«, sagte er viel zu laut und wurde prompt von ihr ermahnt.

»Du willst ihr in die Muschel rotzen?«, hakte ich leise nach, doch meine vulgäre Ausdrucksweise verursachte damals noch Fragezeichen auf seiner Stirn.

Er fragte nach, und ich musste deutlicher werden.

»Du willst ein Baguette im Ofen aufbacken, den Matratzen-Mambo tanzen, ihr deinen Benz in der Garage parken?« Dass ich heimlich den einen oder anderen Pornofilm aus Onkel Walters Videosammlung gesehen hatte, hatte ich ihm offenbar voraus. Ach, die guten alten Schnacksel-Streifen mit hanebüchener Story, grenzdebilen Dialogen und reichlich Behaarung.

»Sorry, ich lese die *Bravo* nicht. Ma meint, das wäre geistig ungesund. Aber wenn du damit meinst, dass ich mit ihr den Beischlaf praktizieren möchte, dann verdammt noch mal ja!«

»Was zur Hölle habe ich damit zu tun?« Aber ich ahnte schon, dass es ihm unter anderem massiv an Erfahrung fehlte und ich als eine Art Lehrmeister für ihn fungieren sollte. Also wollte ich von ihm wissen, was für mich dabei raussprang.

»Wenn du mir hilfst, dann gebe ich dir Foto-Abzüge von meiner Cousine. Ich habe sie heimlich beim Duschen fotografiert.«

Das Angebot weckte natürlich mein Interesse. Die verdrehte sexuelle Ausrichtung meines jungen Klassenkameraden war damals schon gelinde gesagt *auffällig*, denn wer fotografiert schon seine eigene Cousine? Dennoch, mein Interesse war geweckt, vorsichtshalber erkundigte ich mich aber noch bei ihm.

»Kann das Mädel denn was? Sie hat doch wohl nicht solche Ausmaße wie deine Mutter?«

»Wieso? Was ist mit meiner Ma?«

Ich fragte mich tatsächlich, ob er das exorbitante Gewicht seiner Erzeugerin überhaupt so wahrnahm, wie es in der Realität nun einmal war. Nach einer Kurzbeschreibung des Mädchens ging ich auf den Deal ein. In der Schulpause quatschten wir über den Plan. Da der nicht einmal zwölfjährige Kleinwüchsige noch keine sexuellen Erfahrungen aufweisen konnte, und er nicht direkt abdonnerte, wenn es so weit sein würde, galt es, ihm eine authentische Simulation zu erschaffen.

»Du kaufst dir ’ne Zuckermelone und schneidest ein Loch rein. Es sollte in etwa knapp die Größe deines ausgefahrenen Lurches haben. Du legst die subtropische Frucht auf die Heizung, und nach einer halben Stunde gibst du verdammt noch mal Vollgas!«

Tatsächlich schrieb er alles auf einen kleinen Block mit, und ich lachte mir innerlich ins Fäustchen.

Am folgenden Tag kam er, nachdem seine Mutter ihn abgesetzt hatte, vor der Schule auf direktem Weg zu mir gelaufen.

Ich musterte sein heutiges exklusives Outfit, während er aufgeregt berichtete: »Ma hatte noch eine große Melone. Die war aber nicht mehr ganz frisch, und so hat sie die weggeworfen. Da habe ich das gute Stück heimlich aus dem Müll gerettet. Habs so gemacht, wie du’s gesagt hast. Das war so was von scheißunglaublich! Es war angenehm warm, eng, feucht und hat mir einen Weltklasseabgang beschert. Ach, was red ich denn da? Einen? Ich habe da bestimmt fünfmal reingelunzt!«

Ein Lachen konnte ich mir nur schwer verkneifen. Selbst an seiner Ausdrucksweise merkte ich, dass er sich an der meinen, deutlich vulgäreren orientierte.

»Sehr gut, Junge. Du musst genauso weitermachen, damit du richtig gut in Form bist. Schließlich willst du die Obertür doch nachhaltig beeindrucken.«

Das leuchtete Wiesel ein. »Ich kann es kaum erwarten. Wenn ich nach Hause komme, werde ich die süße Frucht wieder vernaschen.«

Tags darauf war sein neues Spielzeug abermals unser Gesprächsthema. »Mensch, die Melone hat sich heute Morgen irgendwie matschig und geweitet angefühlt, als ich sie zweimal hintereinander geliebt habe.«

Bei dem Wort *geliebt* musste ich grinsen. Es war Zeit, meinem jungen Freund eine wertvolle Lektion zu erteilen. Schon damals war ich ein wahrer Quell der Kneipenrhetorik. Es liegt mir wohl einfach in den Genen. »So ist es auch mit den Frauen. Wenn du sie ein paarmal weggebuttert hast, verfliegt auch der Reiz und du brauchst was Neues. Ergo, du solltest dir 'ne neue Zuckermelone gönnen«, gab ich ihm als essenzielle Weisheit mit auf den Weg.

Noch am selben Nachmittag stand Wiesel auf der Matte meines Elternhauses, und ich verfluchte mich, dass ich ihm beiläufig meine Adresse verraten hatte. Er schien völlig aufgelöst zu sein.

»War das nur ein Scheißwitz von dir? Wolltest du dich mal gut auf meine Kosten amüsieren? So wie all die anderen Wichser auch?«, fuhr er mich an.

»Okay, jetzt mach mal halblang. Was ist denn überhaupt los?«

Er schaute mich mit Tränen in den Augen an. »Als ich eben in mein Zimmer kam, bin ich über mein Testobjekt hergefallen. Es fühlte sich dieses mal wieder anders an. Immer noch glitschig, aber irgendwie wurde meine Eichel noch zusätzlich stimuliert. Keine Ahnung, war schon ziemlich geil. Nach meinem Höhepunkt zog ich meinen Pimmel raus und da klebte eine Made dran!« Er starrte mich entsetzt aus großen Augen an. »Angewidert nahm ich die Melone und warf sie gegen die Zimmerwand. Die überreife Frucht zerplatzte in etliche Teile und überall krochen weitere Insektenlarven aus dem Fruchtfleisch hervor.«

Ich war sprachlos, und Wiesel erwartete nun irgendeine Reaktion von mir.

»Ich habe es mit verdammten Insekten getrieben!«

Mein Kopf arbeitete auf Hochtouren, damit ich aus dieser Nummer schleunigst wieder rauskam. »Jetzt erzähl mir nicht, dass du die Melone nach Gebrauch nicht gereinigt hast.« Ich kam mir ein wenig oberlehrerhaft vor.

»Äh, nein. Davon hast du mir auch nichts gesagt.«

»Wahrscheinlich hast du sie auch noch die ganze Zeit über im Sommer auf der Heizung liegen lassen?« Das war mehr Feststellung als Frage.

Wiesel nickte stumm und beschämt.

»Und da wunderst du dich tatsächlich, dass kleine Tierchen darin schlüpfen?«, fragte ich ihn. Ehe er antworten konnte, gab ich ihm weitere Instruktionen. »Du kaufst dir gefälligst ein frisches Spielzeug und machst dich weiter ans Werk. Morgen geht die Lehrstunde weiter und wir gehen die nächste Stufe an. Du musst nicht gleich alles *madig*machen«, damit knallte ich ihm die Tür vor der Nase zu. Dann öffnete ich sie noch mal, nur um ihm verständlich zu machen, dass er gefälligst die verdammten Fotos mitbringen sollte.

Prompt kam meine Mutter mit einem Teller in der Hand um die Ecke, auf dem sich Melonenstücke befanden. Sie fragte ob ich Lust darauf hätte, doch ich lehnte dankend ab.

In der Schulpause schmiedeten wir einen Plan, wie Wiesel Gelegenheit erhielt, um mit der Paukerin allein zu sein.

»So, du frühpubertierendes, notgeiles Bürschchen, du willst es also wirklich durchziehen?«

Er hechelte wie ein Pawlowscher Hund, und das wertete ich als eindeutiges Ja.

»Du musst sie erst mal auf dich aufmerksam machen.«

»Und wie stelle ich das am besten an?«

»Wir haben doch gleich die Gruppenarbeit. Sobald die Obertür den Raum verlässt, und das machen Lehrer immer, malst du mit Kreide einen Riesenpimmel an die Tafel.«

»Ja, und dann?«, fragte Wiesel irritiert.

»Oh, sie wird schon wissen wollen, wer dafür verantwortlich ist.«

»Das wird bestimmt eine Menge Ärger geben. Ich will nicht, dass meine Ma davon erfährt.«

»Du hast doch sonst ein Selbstbewusstsein für zehn. Du musst dich schon entscheiden: Willst du der Katze Milch geben oder stattdessen lieber zu Hause deine kleinen weißen Würmchen füttern?«, frotzelte ich.

»Ist ja schon gut. Ich habe es verstanden.«

Wie prophezeit verließ die Lehrerin den Raum, nachdem sie uns ihre Aufgabenstellung verschriftlicht hatte. Wiesel malte ein prachtvolles Exemplar an die Tafel, und die gesamte Klasse johlte. Ein wertvoller Synergieeffekt, denn durch diese Aktion wurde sein Außenseiterstatus weiter minimiert.

Als Frau Obertür wieder zurückkehrte, stach ihr der gezeichnete Phallus umgehend ins Auge (natürlich im übertragendem Sinne). Ihr Gesicht lief puterrot an, sie wandte sich an ihre Schüler und fragte voller Scham: »Von wem ist dieses … Glied?«

In der Klasse war es nun mucksmäuschenstill. Wiesel stand auf und sagte nicht ohne Stolz: »Das ist meiner, Frau Obertür.«

Sie schaute ihn mit strafendem Blick an. »Junger Mann, du wirst nach dem heutigen Unterricht zu mir kommen. Zwei Stunden Nachsitzen!« Wiesel grinste von einem Ohr zum anderen.

»Siehst du, Ehrlichkeit zahlt sich nun mal aus«, raunte ich ihm zu, als er sich wieder hinsetzte.

»Werbung ist eben alles«, erkannte nun auch Wiesel.

***

»Wow, das ist eine wirklich gute Geschichte«, befand Jasmin anerkennend, die während meiner Erzählung regelrecht an meinen Lippen gehangen hatte.

»Ist das wirklich alles so geschehen, oder bindest du mir einen Bären auf?«

Ich murmelte ein »Wer weiß …« und zuckte mit den Achseln.

»Und?«

»Was und?«, fragte ich zurück.

»Na, hat er was mit ihr angefangen oder nicht?«, fragte Jasmin in einem Ton, als ob ich geistig zurückgeblieben wäre.

»Du willst ernsthaft wissen, ob dieser grade mal pubertierende Junge die Furche seiner gut dreißig Jahre älteren Lehrerin bearbeitet hat?« Wir mussten beide kurz lachen, und ich setzte einen nach: »Das erinnert mich an diesen Witz: Warum gucken Frauen Pornofilme bis zum Ende?«

»Jaja, weil sie hoffen, es wird noch geheiratet. Den kenne ich schon.«

Nach einer Weile des Schweigens gab ich ihr die ausstehende Antwort. »Natürlich hat er sie gebumst, aber es war ein harter und steiniger Weg.«

***

Am späten Nachmittag kam Wiesel zu mir geradelt. Ich war just fertig mit Rasenmähen und nahm ihn mit ins Haus, da ich auf seine Geschichte gespannt war. Es war ein heißer Sommertag, und meine Kehle war wie ausgedörrt. Im Kühlschrank standen ein paar Flaschen kaltes Bier. Meine Alten waren unterwegs und so nahm ich zwei heraus.

»Echt jetzt?«, fragte Wiesel perplex, als ich ihm ein kühles Blondes in die Hand drückte und dabei so tat, als ob es das Normalste der Welt sei.

»Jetzt, wo du auch ein Mann bist, werden wir auf deine Entjungferung anstoßen.«

»Na ja, ist nicht ganz so gelaufen, wie ichs mir vorgestellt habe.«

Ach, dachte ich, wollte ihn aber nicht unterbrechen.

»Als ich endlich mit ihr allein war, sprach sie mich an, was ich mir bei der Schmiererei denn bloß gedacht habe. Ich stand auf und zitierte ihr ein Liebesgedicht. Du weißt schon, eines von Goethe …«

Natürlich wusste ich es nicht, also bat ich ihn, es mir vorzutragen.

Wiesel nahm einen guten Schluck, stand auf und gab Folgendes von sich: »Im holden Tal, auf schneebedeckten Höhen, war stets dein Bild mir nah: Ich sahs um mich in lichten Wolken wehen, im Herzen war mirs da. Empfinde hier, wie mit allmächt'gem Triebe. Ein Herz das andre zieht – und dass vergebens Liebe vor Liebe flieht.«

Wow, also das hatte ich dem kleinen Sonderling gar nicht zugetraut. Er hatte sich offenbar tatsächlich Hals über Kopf in die Lehrerin verliebt. Dass mich die Worte des deutschen Dichters nachhaltig beeindruckt hatten, wollte ich ihm gegenüber natürlich nicht zugeben. »Ach Wiesel, so ein schnulziger Romantikkram interessiert doch heute keine Sau mehr!«

»Na ja, Roswitha, äh, Frau Obertür, hat sich darüber gefreut und bedankt. Dann hat sie mir erklärt, dass ich mich nicht schämen müsse, viele Schüler würden sich in ihre Dozenten verknallen. Das Gefühl würde bald schon wieder von ganz allein verschwinden.«

»Wie jetzt, das wars? Eine Hürde, und du gibst auf?«, fragte ich mit gespielter Empörung. Das Bier entfaltete seine wohlige Wirkung, und ich holte zwei weitere Flaschen aus dem Kühlschrank.

»Sie hat mir zu verstehen gegeben, dass ich ein interessanter, junger Kerl sei, aber für sie nun mal viel zu jung.« Wiesel seufzte resigniert.

»Und genau da setzen wir an.«

Er verstand kein Wort.

»Sieh dir mal deine Kleidung an. Diese seltsamen Lumpen sehen aus, als hätte deine Mutter sie dir gekauft.«

»Meine Ma *hat* mir die Kleidung ja auch gekauft«, rechtfertigte er sich, und ich schlug mir mit der flachen Hand auf die Stirn.

Ich gab ihm ein paar Modetipps, die ihn nicht wie ein kleines Kind aussehen ließen. Die Quintessenz meiner Ratschläge war, dass er insgesamt erwachsener auftreten sollte. Als er nach dem zweiten Bier aufbrach, war er wieder frohen Mutes.

Am Folgetag sorgte er wieder für den Lacher der gesamten Schule. Dieser Großhirnkastrat hatte einmal mehr alles wörtlich genommen. Um älter zu wirken, hatte er sich eine Halbglatze rasiert, die wie eine Mönchstonsur aussah. Seine Kleiderwahl stellte selbst alles bisher von ihm Getragene in den Schatten. Er war in einen bordeauxroten Bademantel gehüllt, mit rein gar nichts darunter. Er sah wie die verdammte Pennervariante von Hugh Hefner aus! Einzig Wiesels Pfeife empfand ich als recht geschmackssicher. Na ja, seine Mutter, die ihn eben erst gebracht hatte, durfte ihn jedenfalls nun wieder abholen. Nachdem er sich umgezogen hatte, kam er zur zweiten Stunde zurück in die Klasse.

Das waren alles Ereignisse aus der ersten Schulwoche, und solche Chosen kamen künftig mindestens wöchentlich vor, doch waren es viel zu viele, um sie einzeln aufzuzählen. Es sollte jedenfalls weitere geschlagene zwei Jahre dauern, bis Wiesel endlich zu seinem wohlverdienten Schuss kam. Seine Beharrlichkeit zahlte sich letztlich doch noch aus.

Nach einer Tanzveranstaltung in der Schule passte Wiesel Frau Obertür ab – natürlich rein zufällig –, und der junge Gentleman begleitete sie auf dem Weg nach Hause.

Als ich ihn tags darauf fragte, wie es nun mit beiden weiterging, beziehungsweise ob sie sich nun häufiger trafen, meinte er nur lachend: »Scheiße, nein! Das Leben hat mir noch so viele Frauen zu bieten. Ich wollte doch nur diese Lehrerinnen-Fantasie ausleben.«

Das hatte ich jetzt nicht unbedingt erwartet.

»Aber der Sex mit der Puppe war schon ganz okay.« Innerlich hoffte ich, dass er die Melonen- und Madennummer nicht als erregender empfand. Spätestens als er leicht nachdenklich nachsetzte »So geil wie in der Fantasie ist es doch letztlich nie, oder?«, wusste ich, dass er einen verdammt guten Mentor hatte.

***

»Das war jetzt die Geschichte?«, fragte Jasmin und es schwang ein ziemlich enttäuschter Unterton mit. »Du holst so weit aus, nur um am Ende so lustlos zu verkacken?«

Ich gähnte herzhaft. »Schätze, ich bin zu müde und es ist bereits früher Morgen. Ich habe ein bisschen abgekürzt.« Mit diesen Worten drehte ich mich um.

»Das erklärt aber nicht, wie ihr beide Freunde geworden seid.«

»Ein anderes Mal, Babe. Du hast mich gefragt, wen von den Jungs ich am längsten kenne, und jetzt weißt du's. Schlaf gut.«

Kapitel 4

Wer nicht liebt Weib, Wein und Gesang,
der bleibt ein Narr ein Leben lang.
Zugeschrieben Martin Luther

Theo hatte heute seinen obligatorischen Ruhetag. Der galt aber nicht für uns, also saßen wir zusammen an dem einzigen Tisch, der nach der Schlägerei heil geblieben war und diskutierten uns die Köpfe heiß, wie wir unser Vorhaben aufziehen sollten.

»Mal rein hypothetisch: Wenn 150 bis 200 Gäste erscheinen würden und getränketechnisch ordentlich Gas gäben, wäre der entstandene Schaden in etwa wieder drin.«

»Damit sollten wir uns aber nicht zufriedengeben«, meinte Udo kopfschüttelnd.

»*Big fucking Party*!«, forderte Wiesel, und auch Patrick stimmte dem zu.

»Wir werden die verdammt noch mal exzessivste Party seit dem alten Rom feiern. Scheiße, die kennen unsere Weihnachtsfeiern, also müssen wir denen richtig was bieten!« Patrick skandierte mehrfach »Koks und Nutten!«, wurde aber gemeinschaftlich übergangen.

»Heute ist Montag, Freunde, und ihr wollt es bereits am kommenden Freitag krachen lassen? Das ist mehr als sportlich«, hielt ich – für meine Verhältnisse – nüchtern fest. »Wir sollten uns vernünftig organisieren und die anstehenden Aufgaben aufteilen.«

Wiesel sprang auf. »Marketing! Ich bin fürs Marketing verantwortlich, und ich habe auch schon einige Ideen.«

Noch ehe wir protestieren konnten, verschwand der Fontanellenfick aus der Pinte.

Wiesels Ambitionen in allen Ehren, doch aus Erfahrung wussten wir, dass da nichts Gesundes bei rumkommen konnte – und so war es natürlich auch. Es dauerte nicht einmal zwei Stunden, da saß er wieder bei uns, da er sich eine lebenslange Sperre in allen relevanten sozialen Medien eingehandelt hatte.

»Verdammt, wie hast du das denn so schnell geschafft?«, wollte ich von ihm wissen.

Wiesel rümpfte die Nase und meinte, dass er jetzt nicht in der Laune wäre, darüber zu quatschen. Es sei eh alles ein großes Missverständnis und er lediglich ein Opfer. Bereits am Mittwoch flatterte bei ihm ein Schreiben ein, da er gegen den Paragraphen 183a StGB verstoßen habe, und damit wurde sogar ein Verfahren aufgrund des Tatvorwurfs Erregung öffentlichen Ärgernisses gegen ihn eingeleitet. Noch heute spekulieren wir manchmal darüber, was tatsächlich vorgefallen war.

Aber zurück zum Stönkefitzchen. Patrick fühlte sich berufen, das Ambiente ein wenig aufzupäppeln.

»Wozu sollte das nötig sein?«, fragte Theo eingeschnappt, doch wir drei ignorierten ihn und sparten uns die strafenden Blicke.

»Hast du vielleicht noch schreibmaschinengetippte oder sogar handschriftliche Manuskripte, oder wenigstens Textfragmente?«, erkundigte sich Patrick bei mir. Leider musste ich verneinen, da ich meinen Kram stets verwarf, sobald ich veröffentlicht hatte.

»Ach, spielt auch keine Rolle. Ich schreibe einfach was aus deinen Büchern ab, lasse es rahmen und wir hängen es hier auf.«

»In meine Wände wird nicht gebohrt!«, protestierte Theo.

»Ach, als ob man in dieses Loch ein Loch bohren könnte …«, meinte Patrick mit einem Schmunzeln und fuhr überzeugend fort: »Lasst mich mal machen, ich habe da so meine Ideen.«

»Was ist mein Part?«, wollte Udo wissen.

»Vielleicht kümmerst du dich um ein paar Programmpunkte? Zum Beispiel so was wie Eierlaufen?«, scherzte Patrick.

Nach kurzem Grübeln hatte ich einen Geistesblitz. »Du bist für die kulinarischen Köstlichkeiten verantwortlich.«

Udo lehnte sich auf seinem Stuhl zurück und verschränkte die Arme.

»Mein Ernst. Du könntest doch Soleier anbieten. Du weißt schon, diese hartgekochten Eier in Kochsalzlösung. Die verkaufen wir als *Udos Ei*!«

Auch Udo stieg in unser Gelächter mit ein und übernahm seinen neuen Posten.

»Ich bin selbstredend für die Getränke verantwortlich, und auch ich habe noch was Spezielles in petto.« Theo zwinkerte uns so verschwörerisch zu, dass es jedes *Overacting* bei Weitem übertraf. Wahrscheinlich hoffte der alte Sack, dass wir nun interessiert nachfragen würden, damit er einen ähnlich guten Lacher wie bei Udos Verantwortlichkeit erzielen konnte, doch den Gefallen taten wir ihm nicht.

Wir tranken weiter und ließen uns immer absurdere Schweinereien einfallen, die wir aufgrund der BRD-Gesetzeslage oder den fehlenden finanziellen Ressourcen ja doch nicht umsetzen würden.

Irgendwann fragte Patrick: »Hey, Baukowski, was ist eigentlich dein Aufgabenbereich?«

Mist, der Begriffslegastheniker hatte mich doch noch durchschaut. »Du Eierkarl …«, winkte ich ab. »Ich werde natürlich eine Rede schwingen und was aus meinen Büchern vortragen. So etwas benötigt nun mal einiges an Vorbereitungszeit, sofern man es vernünftig aufziehen will«, log ich und war heilfroh, als es alle mit einem verständnisvollen Nicken abtaten.

Die Tage bis Freitag verflogen wie gewohnt im Rausch … Abends saßen wir im Fitzchen und organisierten von unserem Hauptquartier aus das anstehende Ereignis. Wir hielten uns auf dem Laufenden und halfen uns gegenseitig. Was auch immer Wiesel da im Netz veranstaltet hatte, es hatte jedenfalls viral um sich gegriffen, auch wenn die Präsenz nur von sehr kurzer Dauer war. Unsere ›Rettet unsere Kneipe‹-Aktion wurde jedenfalls immer weiter fleißig geteilt, und es haben sich bereits Interessenten im vierstelligen Bereich angemeldet. Das Fassungsvermögen der Kneipe war natürlich längst überschritten, und so mussten wir kurzfristig noch weitere Zelte und Theken anmieten. Freiwillige Helfer hatten wir aus unserem Bekanntenkreis rekrutiert.

Zweimal traf ich mich in dieser Woche noch mit Elif und/oder Jasmin. Eine Affäre, von der ich später noch profitieren sollte. Ich bot ihr an, allerdings mehr aus Höflichkeit, am Freitag auch vorbeizuschauen, doch sie lehnte dankend ab, da sie meinte, dass es ihrem Image schaden könnte.

Kapitel 5

»Eine unglaubliche Alkoholiker-Versammlung, die teilweise ganz ordinär nach Schnaps stinkt.«
Joschka Fischer

Freitagmittag klingelte mich Theo aus den Federn.

»Scheiße, du hast mich geweckt …«, brummte ich.

Theo klang extrem aufgeregt, und ich machte mich innerlich auf eine Hiobsbotschaft gefasst, doch es sollte anders kommen.

»Du wirst es nicht glauben, Bauko. Mein Laden und die Zelte sind bereits gerammelt voll. Apropos gerammelt: Eben haben es zwei mitten in der Menschenmenge getrieben!«

»Na, *das* ist doch mal ein Vorbote für eine Party ganz nach meinem Geschmack«, kommentierte ich mit einem zufriedenen Lächeln und in meinem Kopf echote Udos *»seit dem alten Rom«* nach.

»Die Stimmung ist fantastisch, so wie damals 1969 in Woodstock!« Dass Theo sich zu dieser Zeit in White Lake aufgehalten haben soll, hielt ich für ein Ammenmärchen, aber er beharrte darauf.

»Aber das Wichtigste ist ja, dass die Kasse klingelt.« Das klang schon eher nach meinem vermeintlichen Hippie, den schon manch einer als frechen Judenfunktionär bezeichnet hatte.

Ich legte auf, streckte mich und entschloss mich dazu, aufzustehen, da ich nun eh schon wach war. Ein Blick auf die vielen Nachrichten auf dem Display meines Handys zeigte mir zudem, dass mir (beziehungsweise den Leuten, an die ich die zeitintensiven Aufgaben delegierte) heute noch genügend Arbeit bevorstand. Als Erstes hüpfte ich unter die Dusche. Abgemacht war, dass Wiesel mich um halb sechs abholen sollte. Als kurz vorher eine weiße Hummer-Stretchlimousine vor meiner Tür vorfuhr, staunte ich wahrlich nicht schlecht. Meine drei Jungs saßen bereits in der gemütlichen Sitzlounge und tranken Whiskey aus einer Karaffe. Sie grinsten bis über beide Ohren, als ich zu ihnen stieß.

»Nobel geht die Welt zugrunde«, zitierte ich einen russisch-ukrainischen Schriftsteller und schenkte mir auch einen ein. *Ob diese Chaos-Clique überhaupt dazu in der Lage ist, eine gesellschaftsfähige Feier auf die Beine zu stellen?*, fragte ich mich kurz zweifelnd. Schließlich hatte die Vergangenheit immer wieder gezeigt, dass es stets mit einem Knall endete. Andererseits waren wir auch jedes verdammte Mal königlich auf unsere Kosten gekommen.

»Du hast deine Unterlagen vergessen. Wolltest du nicht etwas vorbereiten?«, erinnerte mich Patrick und riss mich so aus meinem Gedanken.

Natürlich hatte ich nichts dergleichen getan. Also ging ich zurück in meine Bude und griff mir als Alibi spontan eines meiner Bücher aus dem Regal. *Scheiß auf Vorbereitungen, spontan bin ich am besten*, dachte ich, selbstüberzeugt von mir wie ich nun mal war.

Drei Kilometer vor unserem Ankunftsort stiegen wir aus der Limo, um uns unsere maßgeschneiderten (na gut: geliehenen …) und einheitlichen Anzüge vor der Luxuskarre anzuziehen. Diesen Trick hatte sich Wiesel bei den großen Stars abgeguckt, die in ihren knitterfreien

Outfits stets geschniegelt und gestriegelt aussahen. Selbst Udo sah wie aus dem Ei gepellt aus, und diesen kleinen Seitenhieb konnte ich mir nicht verkneifen. Wiesel war derjenige, der seinen Schritt mit einem dicken Paar Socken aufpimpte, angeblich ebenfalls wie die Prominenz. Es stellte sich übrigens heraus, dass Udo der Einzige aus unserer Truppe war, der Krawatten binden konnte. Wie dem auch sei, wir vier sahen auf jeden Fall absolut fantastisch aus.

»Hey, Jungs! Zur Feier des Tages lasse ich für jeden eine fette Habano springen!« Gönnerhaft reichte Udo jedem von uns eine Zigarre.

»Pah! Ich habe dich beobachtet, die hast du eben heimlich an der Tanke geholt.« Typisch Wiesel, musste immer alles verderben.

»*Fuck off!* Für uns ist das heute eine göttliche Kubanische.« Ich rettete, was zu retten war.

Wir zündeten den minderwertigen Tabak an und gaben uns unserer Illusion hin.

Als wir in die Nähe des Ortes des Geschehens kamen, blieb uns allen die Spucke weg. Bereits auf den Straßen waren Massen von Menschen, die sich vergnügt den niederen Instinkten hingaben. Es wurde gesungen, getanzt, sich geliebt und getrunken.

»Kneif mich mal in die Eichel, ich glaub, ich träume!« Wiesel konnte es nicht glauben.

»Wir sind gestorben und im Paradies.« Patrick blieb beim Anblick der vielen heißen und knapp bekleideten Girls die Spucke weg, zum Sabbern reichte es allerdings noch.

Die Menschenmenge klaffte auseinander, während wir im Schritttempo hindurchfuhren. Mir kamen erhabene Bilder von Moses, wie er das Rote Meer teilte (obwohl es laut Wissenschaftlern ja *nur* ein See im Nildelta gewesen sein soll), in den Sinn. Es ertönten laute, verzerrte Gitarrenklänge.

Udo klopfte mir auf die Schulter. »Whysky Ryver, die Drunken Jerks und Analschleimhaut sorgen für das heutige musikalische Rahmenprogramm.«

»Wow!« Ich war richtiggehend platt, was die Jungs hier aufgezogen hatten. »Ich kenne zwar keine der Kapellen, aber sie klingen …«, ich suchte nach dem richtigen Wort.

»Würdig?«, fragte Patrick verschmitzt und ich stimmte ihm zu.

»Aber das ist noch lange nicht alles. Wir haben noch ein weiteres Ass im Ärmel«, meinte Udo und Wiesel fuhr fort: »Ich habe dir doch mal erzählt, dass ich Kontakt zu Sickie Wifebeater aufgenommen habe.«

Jetzt war ich ganz Ohr, schließlich waren Die Mentors eine meiner absoluten Lieblingsbands gewesen, als ich jung war, und der Song *Golden Shower* ist nach wie vor Bestandteil meiner ewigen Top Ten!

»Sie sind extra aus Übersee eingeflogen, um sich unserer Benefiz-Veranstaltung anzuschließen und geben heute Nacht den Headliner.«

Mit einer meterdicken Gänsehaut drückte ich meine drei besten Freunde.

»Logisch, El Duce ist ja nicht mehr dabei, aber ich finde, dass Mad Dog einen echt formidablen Frontmann abgibt«, presste Wiesel heraus, da meine Umarmung ihm fast die Luft zum Atmen nahm.

Direkt vor der Pinte stand ein großes Zelt. Neugierig versuchte ich, aus den verdunkelten Fenstern unseres luxuriösen Fahrzeugs einen Blick hineinzuwerfen. Leider konnte ich durch die vielen Menschen kaum etwas erkennen, doch Patrick klärte mich mit einem coolen Grinsen auf. »Darin kämpfen eingeölte Chicks gegeneinander.«

Für mich folgte bereits die nächste positive Überraschung. Patrick hatte gestern Nacht noch einen roten Teppich vor Theos Pforte ausgelegt und an den Seiten mit Absperrpfosten versehen. Ich musste mir eingestehen, dass dieser Anflug von Glamour, gepaart mit Theos Bruchbude, auf eine bizarre Art wundervoll harmonierte.

»Jetzt wirds ernst«, flüsterte ich ehrfürchtig zu meinen Jungs. Wir stießen gemeinsam auf unseren Abend sowie das Fortbestehen des Stönkefitzchens an und exten den Rest des wahrhaftig erstklassigen Gesöffs.

Als wir aus dem Hummer stiegen, kam ich mir nicht wie der Underground- und Gossen-Literat vor, der ich war, sondern wie ein verdammter Hollywoodstar. Unter lautem Jubel und tosendem Beifall wurden wir empfangen. Wiesel war bereits voll in seinem Element und marschierte mit erhobenen Armen über den Laufsteg, so wie ein Boxer nach einem gewonnenen Kampf. Die beiden anderen waren da weniger extrovertiert und wirkten eher verwundert darüber, dass sie sich auf dem Weg zu Theo Selfie- und Autogrammwünschen stellen mussten. Doch ein Blick in ihr Gesicht verriet mir, dass sie den Starrummel durchaus genossen. Es gab einen Teil in mir, dem diese Anbetung innerlich zuwider war, und ich konnte es nicht nachvollziehen, warum jemand von offensichtlich alkoholkranken Losern ein Foto oder eine Unterschrift haben wollte – aber wie dem auch sei, hier ging es um unsere Kneipe.

Den runtergerockten Laden hatte Patrick wirklich stilsicher aufgepimpt und ganze Arbeit geleistet. Nicht nur, dass nun gerahmte Schriftstücke, rebellische Accessoires wie Gitarren und alte Playboy-Kalender an den Wänden hingen. Auf einer meterlangen Wand hatte er eine großangelegte Collage mit vielen Fotos von unseren exzessiven Touren erstellt. Immer wieder blitzten Handys vor dieser Galerie auf, die das Kunstwerk von nicht selten kotzenden Männern festhielten.

Im Fitzchen war es so voll, dass es bestimmt eine geschlagene halbe Stunde dauerte, um sich auf den Toiletten zu entleeren. Unsere omnipräsenten Kellnerinnen hatten – drinnen wie draußen – alle Hände voll zu tun. Wir hatten dafür gesorgt, dass sie alle in einheitlichem Zimmermädchen-Look gekleidet waren. Sie trugen kurze schwarze Petticoatkleider mit dunklen, spitzenbesetzten Overknee-Strümpfen sowie weißen Schleifen. Und oben herum nur eine knappe Schürze mit reichlich Ausblick auf das üppige Dekolleté. Auf ihrem Kopf trugen sie eine Dienstmädchenhaube. Für die hochhackigen Pumps hatten sie uns im Vorfeld bereits verflucht, doch was taten unsere Mädels nicht alles für uns, beziehungsweise für Theo.

Trotz der erdrückenden Enge wurde uns Platz gemacht. Immer wieder kreischten Frauen unsere Namen, als wären sie Teenager und wir eine verdammte Boygroup.

An der Theke waren unsere üblichen Plätze freigehalten, und so setzten wir uns in die Nähe unseres Kneipiers, der wie ein Oktopus ein Bier nach dem anderen zapfte. Gestresst berichtete er, während er uns vier Gerstenschorlen vorsetzte. »Habe eben einen Kassensturz gemacht. Die Kohle ist jetzt schon locker wieder drin. Nach dieser Nacht kann ich wahrscheinlich auch einen Großteil meiner Schulden tilgen.«

Ich leerte das kühle Getränk aus Hopfen und Malz in einem Zug. »Das läuft ja so was von gut, lass uns die Sause doch noch bis Sonntag verlängern«, schlug ich spontan vor.

Theo schaute mich an, als wäre ich nun vollständig dem Wahnsinn verfallen, aber dann gewann seine Gier nach dem schnöden Mammon die Oberhand. »Ach scheiß drauf, lass es uns machen. Aber wie sollen wir denn bis Sonntag durchgehend auf den Beinen bleiben?«

Ein mir unbekannter, zwielichtig aussehender Typ, der unmittelbar neben uns stand, hatte unsere Unterhaltung scheinbar mitbekommen, schaute verschwörerisch nach links und rechts und flüsterte: »Speed?«

»Ich glaube wohl kaum, dass mich ein mittelmäßiger Action-Film mit Keanu *fucking* Reeves durchgehend wachhalten kann, du Kretin!«, erteilte Wiesel ihm eine deutliche Abfuhr, doch ich wusste, dass ich diesen Kerl nachher noch mal aufsuchen würde. Ich schaute mich weiter neugierig in unserem Zuhause um. Auffällig viele weibliche Gäste nippten an einem weißen trüben Shot.

Eine Gruppe von fünf Frauen prostete mir damit zu, während sie wie Schulmädchen verstohlen kicherten.

»Was ist das für ein Stoff?« wollte ich von Theo wissen.

»Das ist meine neueste Spezialität, exklusiv für diesen erlesenen Anlass«, gab Theo mächtig stolz von sich. »Darin befinden sich weißer Schokoladelikör, natürlich Scotch, sowie ein Hauch Pfefferminzschnaps.«

»Das Zeug sieht aus wie Wichse!«, erkannte Udo, und wir konnten uns ein Schmunzeln nicht verkneifen.

»Das will ich doch hoffen, schließlich läuft es unter dem Namen *Baukowski-Cumshot* und ist der absolute Verkaufsschlager! Den Kurzen werde ich langfristig in meine Getränkekarte aufnehmen.«

»Na, da fühle ich mich aber geehrt«, meinte ich ehrlich und fragte mich, ob hier tatsächlich so etwas wie eine Getränkekarte existierte und vor allem, warum ich sie nicht kannte.

Der Cumshot war jedenfalls mit hoher Wahrscheinlichkeit die erste passende Namenskreation, die Theo je zustande gebracht hatte. Der Wirt stellte uns vier der milchigen Getränke mit dunkelbraunen Kränzen auf den Tresen und hielt ein Feuerzeug daran. Scheiße, das Zeug brannte sogar! »Das, meine werten Freunde, ist die Version für Männer. Ich habe etwas Stroh-Rum drauf geträufelt. Das sollte ein Brenner ganz nach deinem Geschmack sein, Bauko.«

Und er sollte recht behalten. Der *Baukowski-Cumshot* stellte sich als absolut gelungene Mischung heraus. Das schottische Destillat in Kombination mit dem hochprozentigen Rum sorgte für einen herben Gaumenschmaus, und im Abgang stachen die dezent minzige Note sowie die Süße des Likörs hervor.

»Schmeckt aber nicht wie Sperma«, nörgelte Wiesel und erntete daraufhin giftige Blicke unsererseits.

Ich war dankbar, dass nun keine Diskussion entfacht wurde, woher zum Teufel er den Geschmack von Ejakulat kannte. Jetzt war ich aber gespannt, was Udo in puncto Essen aufgetischt hatte. Vor meinem geistigen Auge sah ich bildhübsche Frauen in der Waagerechten, auf deren nackter Haut Köstlichkeiten drapiert waren. Als Dessert malte ich mir Pudding mit Bourbon-Geschmack (und wir reden hier nicht von Bourbon-Vanille!) in der Form weiblicher Brüste aus. Die Neugierde platzte aus mir heraus, und ich erkundigte mich bei Udo, doch seine Auskunft war relativ ernüchternd.

»Es gibt den klassischen Mettigel, und wenn du etwas Warmes haben möchtest, kannst du dich an Erbsensuppe mit Würstchen laben.«

»Und die Würste haben bestimmt die Form von Schwänzen, oder?«

Udo bedachte mich mit einem seltsamen Blick. Den setzte er für gewöhnlich dann auf, wenn Wiesel einen seiner zahlreichen Schoten brachte. »Nein, es handelt sich um stinknormale Brühwürstchen. Ich höre raus, dass du dich über die Schwanzform gefreut hättest?« Mein »Nein« erklang zeitgleich mit Wiesels »Ja«.

»Aber falls es dich beruhigt: Die Soleier, die bei den Gästen auf makabre Weise wohl Gedankenverbindungen zu meinem abscheulichen Unfall wecken, sind der Renner des Abends.« Udo klang leicht eingeschnappt.

Theo delegierte Arbeiten an seine Hilfskräfte hinter der Theke und wandte sich dann an uns. »Ich ziehe mich jetzt um, und dann starten wir mit unserem Programm.«

Darauf hatte ich nicht die geringste Lust. Ich wollte mir stattdessen viel lieber hier auf meinem Stammplatz einen brennen, doch da sich meine Droogs – ausgenommen Udo – so viel Mühe gemacht hatten, hielt ich mich entsprechend zurück.

Nachdem Theo in etwas Feierlicheres geschlüpft war, erinnerte er mich irgendwie an die bärtige Assi-Version von Herrn Tierlieb, dem Zoodirektor aus Benjamin Blümchen. »Kommt mit, das Fitzchen ist zu klein. Wir gehen nach draußen.«

Ich ließ mir noch eine Flasche Jameson als Wegzehrung mitgeben, da ich nicht auf dem Trockenen sitzen wollte. Die Ryvers spielten ihren letzten Song und nachdem die Gitarren verhallten, kletterte Theo von hinten auf die Bühne und wurde von Tausenden Menschen frenetisch begrüßt. Er gab den zotenhaften Moderator und zitierte uns – einen nach den anderen – zu ihm auf die Empore. Der Jubel schwoll weiter und weiter an. Mir wurde ganz schummrig in der Magengegend, und ich fragte mich, ob dafür vielleicht das oft zitierte Lampenfieber verantwortlich war.

Für die große Bühne war ich nicht gemacht. Ich war Autor und kein verfickter Star. Jedenfalls wurde ich als Letzter zu meinen Freunden hinaufgebeten, und nun war mir nicht nur flau, sondern buchstäblich kotzübel. Wie die Parodie eines Königs – Schiebermütze anstelle einer Krone, Jameson statt eines Zepters – torkelte ich wie im Rausch auf die Bretter, die angeblich die Welt bedeuten. Der Applaus, das Kreischen und die begeisterten Pfiffe nahm ich nur dumpf wahr, da Adrenalin meinen Körper in rauen Mengen durchströmte und mein Blut in meinen Ohren rauschte. Theo reichte mir das Mikrofon, doch ich bekam kein Wort heraus und reiherte erst mal schwallartig auf die Bühne. Diese ungewollte Aktion führte dazu, dass nun Chöre mit meinem Namen angestimmt wurden. Offenbar hatte ich, ohne es zu wollen, meine Erwartungshaltung erfüllt. Ich öffnete den Whiskey und trank die halbe Flasche in einem Zug leer. Tatsächlich nahm mir die Spirituose ein wenig von der Nervosität und ich fand endlich zu meiner Stimme. Ich bedankte mich für das überaus zahlreiche Erscheinen, das ich in diesem Ausmaß nie für möglich gehalten hätte. Dann widmete ich mich meinen Freunden, die ich mit einem passenden Zitat des großen Poeten und Bruders im Geiste Lemmy Kilmister bedachte.

Im Anschluss gab ich mich einer moralischen Reflexion über die aktuelle politische Lage hin. Ich erzählte einfühlsam von Einzelschicksalen, die durch Krieg in ihrem Heimatland Haus und Hof verloren hatten und schaffte dadurch tatsächlich den Spagat zu uns, denn unser Heim stand ja nun ebenfalls auf dem Spiel. Doch nach der kurzen gefühlvollen Ansprache ging mir die Luft aus, und ich verfluchte mich, dass ich fauler Hund nichts vorbereitet hatte. Selbst mein Buch hatte ich versehentlich in dem Fickschlitten liegen lassen. Von meinen Freunden, aber auch von Seiten des Publikums, spürte ich, dass sie nach mehr gierten, denn ihre Blicke klebten förmlich an mir. Ich griff ganz tief in die Trickkiste und begann unsere Gäste zu involvieren, um durch gezielte Ablenkung mich selbst aus dem Mittelpunkt zu ziehen.

»Wenn ich meinen Blick durch die zahlreichen Reihen schweifen lasse, erblicke ich so viele wunderschöne Frauen. Ich würde jedoch sehr gern noch etwas mehr von euch sehen …« Ich legte eine dramaturgische Pause ein und forderte dann lautstark den weiblichen Anteil in der Menge auf. »Zeigt uns eure *Boobies*!«

Beschwingt von der euphorischen Stimmung und enthemmt durch den Alkohol, folgten diesem kackdreisten Aufruf erstaunlich viele Girls. Es gab sogar einige vorwitzige Männer, die oben herum blankzogen.

Wiesel nahm sein Handy und knipste wie ein Paparazzo, der eine prominente Persönlichkeit bei einem außerehelichen amourösen Abenteuer erwischte. Ich ließ meinen Blick aufmerksam durch das Meer an Busen schweifen und suchte mir eine dralle rothaarige Schönheit, eine blonde Maid und ein schwarzhaariges junges Ding aus, dann verschwand ich mit ihnen hinter die Bühne, doch vorher gab ich das Mikro an unseren Conférencier Theo zurück. Während ich mich mit den dreien in der feuchten Sommerhitze vergnügte, nahm ich mit halbem Ohr wahr, wie unser Moderator eine Auktion ausrief.

»So ist er, unser Baukowski. Kein Mann vieler Worte. Aber ich bin sicher, dass er gleich noch mal *kommt*«, scherzte Theo. »Seine drei besten Freunde haben euch aber noch was ganz Besonderes mitgebracht. Sie haben für euch im stillen Kämmerlein ein paar Mitbringsel ausgegraben. Diese Unikate wollen wir für den Fortbestand dieses großartigen und einzigartigen Etablissements versteigern. Also greift tief in eure Taschen.«

Während ich die sechs wundervollen Brüste aus nächster Nähe begutachtete und den Damen einen gratis *Baukowski-Cumshot* anbot, hörte ich, wie Patrick seinen Part mit einem Räuspern begann. »Wenn ich mir den Altersdurchschnitt hier so anschaue, glaube ich kaum, dass alle wissen, was das hier ist.«

Vereinzelt ertönten einige Zurufe.

»Das ist eine Betamax-Kassette. Darauf befindet sich der erste Pornofilm, den ich mit dem damals noch recht jungen Baukowski zusammen gesehen habe. Es ist kein Streifen für Vegetarier, denn im *Grande Finale* werden zwei Frauen von einem Kerl und einer mindestens zehn Pfund schweren Salami ausgefüllt. Das war übrigens der Moment, als meine Mutter in unsere kleine, private Videosession reinplatzte und uns wichsend vor dem Fernseher erwischte …«

Auch wenn ich Patricks Auftritt nur meine geteilte Aufmerksamkeit schenkte, konnte ich mich noch lebhaft an diese peinliche Episode und an das damit einhergehende temporäre Hausverbot in seinem Hause erinnern. Ich konnte es nicht fassen, als ich vernahm, wie viel jemand bereit war, für dieses abgenudelte Tape auszugeben.

Udo war der Nächste, der in das Mikrofon sprach. »Wer von euch weiß denn, was das hier ist?«

Es folgte Stille, und auch wenn mich diese drei engelsgleichen Zungen verdammt noch mal auf Touren brachten, wollte ich wissen, was Udo der Meute präsentierte.

»Dieser hier einst weiße Lumpen war mal meine Unterhose. Leider ist das Weiß einem Rot, Gelb und ja, auch ein klein wenig Braun gewichen. Das hier, meine Freunde, ist die legendäre Unterhose, die ich trug, als mich eine wahre Bestie von Hund angriff und für immer entstellte.«

»Udos Ei, Udos Ei!«, grölte die Menge und dann überschlugen sich die Gebote. Den Zuschlag erhielt eine Frau, sofern ich es phonetisch korrekt vernahm, die bereit war, einen fast vierstelligen Betrag für diesen zerschlissenen Eierkneifer auszugeben.

Zu guter Letzt wurde Wiesel Raum für seinen Schwachsinn geboten, auch er hatte etwas ganz Spezielles ausgegraben. »Das hier, verehrte Gäste, ist mein Poesiealbum. Aber nicht irgendeines. Es ist, wie ihr seht, schon verdammt alt. Ich habe damals Bauko persönlich in unserer gemeinsamen Schulzeit gebeten, sich in mein Freundschaftsbuch einzutragen. Na ja, er wollte natürlich nicht. Seine Aversion gegen Trends war damals schon ziemlich offensichtlich.«

Vereinzelt lachten einige Anwesende.

»Doch ich bin ihm so lange damit auf die Nüsse gegangen, bis er sich endlich – völlig genervt – bereit erklärte, einen Eintrag zu machen. Anstatt aber auch nur ein Wort zu schreiben, hat er mir ordentlich in das Buch gespritzt!«

Jetzt lachte die gesamte Meute höchst amüsiert. Es klingt völlig surreal, aber das verschimmelte Teil brachte schlussendlich über 1.000 Öcken ein, und es boten über achtzig Menschen mit.

Während ich mir einen guten Abgang in den Mündern der namenlosen Mädels verschaffte, wurde die nächste Band angekündigt. Für mich hieß das, dass ich meinen Arsch vorerst wieder auf meinem Platz parken konnte.

Im Fitzchen war meine Sicht leicht eingeschränkt, alkoholbedingt, aber auch, da sich in der Zwischenzeit zahlreiche Rauchschwaden breitgemacht hatten – manche rochen süßlicher als andere. Wir Jungs fühlten uns wie ungekrönte Könige und tranken Runde um Runde.

Die Frau, die Udos zerfledderten Schlüpfer für viel Geld erworben hatte, hatte mittlerweile mit ihm angebändelt, Patrick liebäugelte mit zwei Zwillingsschwestern, und Wiesel unterhielt sogar eine ganze Schar von jungen Frauen.

Ein Mädel mit schauderhaftem Zahnstatus machte letztlich die Runde und zog ihn in Richtung der Örtlichkeiten. Seltsam, aber ich fragte mich, ob Karies für seinen Lümmel schädlich war, aber das war natürlich horrender Blödsinn, denn Wiesel hatte wohl inzwischen Antikörper gegen alles und jeden entwickelt.

Meine anderen beiden Freunde gingen nun auch anderen Beschäftigungen nach, also genoss ich die Atmosphäre sowie mein Hopfen-und-Malz-Getränk. Wenigstens, bis ein großer, übergewichtiger und alkoholisierter Halbstarker mich anquatschte. Ich hatte ihn schon eine ganze Weile im Blick, und seine Jungs hatten ihn bis dato zurückhalten können.

»Hey, alter Mann! Ich kann mehr wegstecken als du!«

»Das glaub ich dir gern. Sorry, aber ich bin nicht schwul. Ich wünsche dir aber viel Spaß mit deinen Freunden.« Meine Abfuhr unterstrich ich mit einem Zwinkern. Nach dieser charmanten Anrede hatte er ein bisschen Provokation verdient.

»Saufen, Alter! Ich kann mehr saufen als du!«

Nun kamen zwei seiner Kumpels, entschuldigten sich bei mir und wollten ihn von mir wegziehen. Der junge Kerl ließ aber partout nicht locker und versuchte, mich auf verschiedene Arten zu reizen. Ich wies seine beiden Freunde an, ihn loszulassen, dann bat ich Kevin, wie er mir gegenüber seinen Namen preisgab, auf dem Barhocker neben mir Platz zu nehmen. Klar, der Jungspund hatte recht, ich war ein alter Sack. Dennoch missfiel mir der despektierliche Ton, also entschied ich mich dazu, Kevin eine wertvolle Lektion zu erteilen. Niemand kommt einfach so in mein Haus und beleidigt meine Trinkerehre.

»Was ziehst du denn so weg?«, wollte ich von dem propperen Nachwuchs wissen.

»Mehr als ’ne Kiste Bier!«, prahlte Kevin, und ich pfiff mit gespielter Anerkennung durch die Zähne.

»Was ist mit scharfem Zeug?«

»Jedenfalls mehr als du«, gab er selbstsicher mit einem schiefen Grinsen von sich.

»Du hast es so gewollt, Milchzahn. In spätestens fünfundvierzig Minuten werden dich deine Kameraden hier raustragen.«

Theo, der hinter der Theke alles mitbekommen hatte, kam wie auf Kommando mit einem randvoll gefüllten Tablett zu uns. Ich nahm den ersten Drink, exte, nannte die Marke und knallte das Schnapsglas verkehrt herum auf die Theke. Mit einem lässigen »Du bist dran Bürschchen« reichte ich ihm einen Shot.

Nach nicht einmal dreißig Minuten fiel Kevin vom Hocker. Er schaffte noch ein Comeback für drei Kurze, aber dann war Schicht. Seine Begleiter packten ihn und einer fluchte: »*Fuck!* Wir müssen ihn ins Krankenhaus bringen. Die müssen ihm dort den Magen auspumpen.«

Genau das war der Augenblick, als Kevin sein Schandmaul öffnete und seinen Kumpan von Kopf bis Fuß vollreiherte.

Ich nahm einen weiteren Hochprozentigen, prostete den jungen Männern zu und suhlte mich in der Euphorie des Sieges.

Nach und nach trafen auch meine erleichterten Droogs wieder auf ihren angestammten Plätzen ein. Als die mächtigen Mentors die Bühne enterten, zog es uns auch wieder nach draußen, um den Gig als VIPs und *›Die Hard‹*-Fans aus nächster Nähe beizuwohnen. Für mich war es eine Reise zurück in die Kindheit und Jugend. Ja, die 1980er waren schon geil. Mir fiel auf, dass ich mich an vieles gar nicht mehr erinnern konnte, dennoch, ich werde sie niemals vergessen.

Udo, mit einem seiner markanten, aber gleichzeitig auch nachhaltigsten Sprüche kam mir in den Sinn: *»Die Schönste Zeit meines Lebens, habe ich im Suff verbracht.«*

Die Mentors rumpelten, polterten und provozierten das Publikum, dass es eine wahre Freude war. Bei der ersten Zugabe wurde ich vom Frontmann aufgefordert, die Band zu unterstützen. Derweil hatte der Alkohol mein Lampenfieber endgültig gekillt und so röchelte ich mehr schlecht als recht die ersten niveauvollen Zeilen von *Sandwich of Love* ins Mikro:

»She hasn't been laid in Days,
now she's covered in Mayonnaise.
She's a Woman with no Soul.
She's got a Guy in every Hole.«

Wieder zurück im Laden fiel mir auf, wie nicht wenige unserer ehrenamtlichen Helfer deutliche Erschöpfungsanzeichen zur Schau trugen. Also beauftragte ich Theo, dass er in seiner Rolle als Moderator, alle Helfershelfer auf die Bühne bat, damit das Publikum und wir uns bei ihnen bedanken konnten.

Ich suchte den Typen von vorhin auf, der uns Amphetamine angeboten hatte. Ich hatte Glück und konnte ihm noch einige Stimulanzien abkaufen, die ich dann in die Getränke mischte, die wir auf die Bühne brachten. Theo, Wiesel, Patrick, Udo und ich sprachen einige emotionale Worte, die wohl in dieser Form nur alkoholgelöste Zungen von sich geben konnten, und dann stießen wir gemeinsam mit unseren vielen Rettern in der Not auf ihre wertvolle Unterstützung und auf den Fortbestand des Stönkefitzchens an. Dieser – zugegeben etwas heimtückische – Plan sicherte uns nicht nur die Getränkeversorgung bis in den frühen Morgen und darüber hinaus, nein, er sorgte sogar dafür, dass das Publikum noch mal richtig Gas gab und somit den Umsatz deutlich anhob.

Den restlichen Verlauf der Party kann ich nur noch bruchstückhaft wiedergeben. Im Gedächtnis geblieben ist mir jedenfalls noch, dass Udo nackt auf der Theke getanzt hat, während ich im Vollrausch mit Wiesel über das Henne-Ei-Problem diskutierte.

Irgendwann schläft jedoch selbst ein König auf seinem Thron ein. Es muss schätzungsweise so etwa gegen vierzehn Uhr am Samstagnachmittag gewesen sein, als ich meinen Kopf auf den Tresen legte und meine müden Augen ausruhte.

Am Abend, nach ein, zwei Liter Orbit war ich jedoch wieder fit, und es gab eine nicht minder erinnerungswürdige Nacht. Auch ohne das gelungene Rahmenprogramm konnten wir die vielen Gäste zu einer weiteren Party motivieren. Viele unserer Helfer kamen ebenfalls dankenswerterweise für eine weitere Nacht zur Unterstützung.

Gegen Sonntagmittag fuhren Wiesel, Patrick und ich mit zu Udo, da er der Einzige von uns war, der ein Bügelbrett und -eisen besaß (und damit umzugehen wusste). Dort hüpften wir unter die Dusche und bereiteten uns für die letzte Schlacht vor. Wir waren stolz auf uns, denn wir hatten nicht nur das Fitzchen gerettet, sondern zudem noch ein Vielfaches mehr eingenommen.

Gegen Abend, als wir wieder zurück im Fitzchen waren, bekamen wir Besuch von zwei Polizisten. Selbst sie gratulierten uns zu unserer gelungenen Sause und betonten, dass es zu keiner einzigen Anzeige gekommen war, und es weniger Schlägereien als auf einem Dorffest zu verzeichnen gab.

Gegen Mitternacht war für uns alle Schicht. Fast niemand – außer uns – saß mehr in der Kneipe. Nach diesem Marathon waren wir aber auch alle froh, ins heimische Bett zu fallen.

Im Bett ließ ich vor meinem geistigen Auge die Woche und vor allem das Wochenende noch mal Revue passieren und schlief mit einem Lächeln auf den Lippen ein.

Kapitel 6

»Die Gegner des Witzes sind die, denen er fehlt.«
Guy de Maupassant

Am Morgen nach der großen Party wurde ich einmal mehr vom nervtötenden Klingelton meines Handys geweckt. Schon wieder Theo! Sollte das etwa so langsam zu einer unangenehmen Routine werden?

»Schalte sofort deinen Fernseher ein«, fiel er aufgeregt mit der Tür ins Haus.

»Halb zehn«, knurrte ich gereizt und noch ziemlich schlaftrunken.

»Es wird über unser Wochenende berichtet. Nun mach schon, schalt auf Sat.1!«

Trotz der erbärmlich frühen Uhrzeit musste ich lachen. »Ich habe seit mehr als fünfzehn Jahren keinen Scheißreceiver mehr!« Da keine Reaktion erklang, setzte ich mit einer Erklärung nach: »Weil das verkackte Fernsehprogramm eine noch größere Massenverblödung ist, als es der Volksempfänger seinerzeit war.«

»Wir haben es ins Sat.1-Frühstücksfernsehen geschafft!«

»Boah, das ist ja Wahnsinn!«, äffte ich ihn in seiner Euphorie nach. »Ich werde jetzt mal schön schlafen, und wenn dir dieser Bockmist so wichtig ist, zeichne es verdammt noch mal auf.« Mit einem streng genommen unpassenden »Gute Nacht« legte ich auf und begab ich mich erneut in Morpheus wohlige Arme.

Doch mein Schlaf sollte nicht lange währen, da etliche Anrufe und Nachrichten eintrudelten und meine wohlverdiente Ruhe weiterhin störten. Als logische Reaktion machte ich das, was ich schon längst hätte tun sollen: Ich schaltete das verfluchte Gerät ab.

Am frühen Nachmittag schaffte es meine Nikotinsucht, dass ich aufstand. Als ich mein Mobiltelefon wieder anschaltete, war ich wirklich überrascht, welche Flut an Kommentaren diese frühmorgendliche Sendung verursacht hatte. Selbst Elif hatte sich daraufhin mit einem Emoji gemeldet, der wohl signalisieren sollte, dass entweder der Beitrag oder unser Auftritt peinlich war. Darunter schrieb sie *»Echt total daneben.«* Aber auch da wusste ich nicht, wem es galt.

Selbst mein Verleger schickte mir eine Sprachnachricht und faselte klatschend davon, dass ich wüsste, wie man die Werbetrommel rührt und Bücher verkauft. Dann schaute ich in die WhatsApp-Gruppe meiner Jungs. Udo war der Erste, der kommentierte und zwar wie folgt: *»Na ja, lieber schlechte Publicity als gar keine …«*

Darauf folgte eine rege Diskussion über den Fernsehbeitrag, und dadurch wurde meine Neugier geweckt. Also suchte ich mittels meines Handys in der Mediathek des Senders und wurde rasch fündig. Es dauerte einige Augenblicke, bis ich die entsprechende Kategorie fand, *VIP – Vanessas Important People.* Die polemische Schmähkritik der selbsternannten Society-Expertin Frau Blumenkübel begann mit folgenden Worten:

»Dieses Mal sollte ich meine Rubrik wohl eher in Vanessas Impotent *People umbenennen, denn Alkohol im Übermaß sorgt ja bekanntlich für keine standhafte Libido. Am Wochenende hat der berüchtigte Berufsprovokateur und Autor solch vielsagender Titel wie* Der Mann, der sich emanzipierte *oder* Evil Dick

Baukowski zu einer vermeintlichen Charity-Veranstaltung aufgerufen.« Die Bilder, die im Hintergrund liefen, wiesen allesamt einen stark sexualisierten Charakter auf und deuteten recht eindeutige Handlungen im Mund- und/oder Schambereich knackiger Bräute an. Das waren wohl die Geister, die ich gerufen hatte.

Also, das nenne ich mal investigativen Journalismus, dachte ich sarkastisch, unwissend, dass es noch weitaus schlimmer kommen sollte.

»Baukowski buhlte um Einnahmen für eine anrüchige Lokalität namens Stönkefitzchen *– ein Schelm, wer bei dem Namen Böses denkt – und sorgte für eine Sause, die dem alten Rom gerecht würde.«*

Ha! Da war wieder Udos Spruch – der schien mich ja regelrecht zu verfolgen. Die Bilder, die nun zu sehen waren, allesamt Handyaufnahmen, zeigten exzessiv feiernde sowie ziemlich betrunkene Partygäste. Dann waren in schneller Schnittfolge die halb nackten catchenden Frauen zu sehen, gefolgt von Nackedei Udo, der auf der Theke um sein Leben zu tanzen schien.

Ob der überdurchschnittlich lange Zensurbalken ihn wohl weiteren Zuwachs an weiblichen Fans bescheren wird?, fragte ich mich.

Die darauffolgende Aufnahme zeigte Wiesel, Patrick, Udo und mich, wie wir unsere Zungen tief in die Münder von Frauen vergruben. Okay, sonderlich ästhetisch war der Anblick jetzt nicht unbedingt, halt offensiv knutschende alte Säcke.

»Tatsächlich sind dem Aufruf erstaunlich viele Menschen gefolgt, und das Etablissement *wird wohl künftig auch weiter seine Pforten öffnen.«* Das eingeblendete Bild, das Theo bei

seiner Arbeit am Zapfhahn zeigte, war mindestens zwanzig Jahre alt, und schon damals war er ergraut.

»Wir vom Frühstücksfernsehen haben Sorge um das Frauenbild, welches Baukowski bewusst mit solchen Bildern propagiert. Es werden Stimmen laut, die sagen eindeutig, dass hier eine sogenannte Rape Culture *verherrlicht wird …«*

Was war denn das für ein zum Himmel schreiender Schwachsinn? Die Blumenkübel, diese frigide Fickfresse, unterstellte mir allen Ernstes, dass ich eine Vergewaltigungskultur befürworten würde? Diese sehr gewagte These wertete ich als eine bösartige Unterstellung.

»Die Kunst darf alles!«, schrie ich mein Handy an.

»Zu dieser brandaktuellen Thematik möchte ich meinen heutigen Gast vorstellen, Frau Charlotte Hess. Frau Hess ist Vorsitzende der Liga der radikalen Feministinnen. Wie ist Ihre Meinung zu diesem – meiner Meinung nach – frauenverachtenden Spektakel, welches uns Herr Baukowski am Wochenende geboten hat?«

Eine sehr beleibte Frau mit blond gefärbter Kurzhaarfrisur, Nasenpiercing, Kiefer-Gaumen-Spalte und gewaltigen Hängebrüsten war in einem Sessel sitzend zu sehen. Als sie kurz in die Kamera grüßte war unter ihrem winkenden Arm eine opulente Achselbehaarung zu bestaunen. Ohne dieser Frau je begegnet zu sein, stand für mich zweifellos fest, dass sie penetrant nach Schweiß roch – davon zeugten auch die amtlichen Schweißränder auf ihrer hellblauen ausgeleierten Bluse. Ich bin zwar kein Gynäkologe, aber glaubt mir, eine miese Fotze erkenne ich sofort, wenn ich sie sehe. Ich hielt es da ähnlich wie Kafka: »Ein Idiot ist ein Idiot. Zwei Idioten sind zwei Idioten. Tausende Idioten sind die Liga der radikalen Schwanzverächterinnen.«

Warum lehnen solche Femi-Fotzen BHs resolut ab?, fragte ich mich, *besonders bei einer solch exorbitanten Oberweite?*

»Da bin ich ganz bei Ihnen. Das ist zum einen ein selbst erstelltes Armutszeugnis des Pseudo-Schriftstellers Baukowski, sowie seines Umfeldes, die allesamt offenbar geistig im letzten Jahrhundert stehen geblieben sind. Aber es spiegelt – und das ist der weitaus traurigere Aspekt – zudem auch die moralische und ethische Bankrotterklärung einer ganzen Gesellschaft wider.«

Die Kamera hielt für eine Millisekunde Charlottes Beine fest, als sie diese übereinanderschlug. Ich selbst bin ja schon ziemlich behaart, aber was sich auf den beiden prallen Beinen dieser Frau abspielte, erinnerte mich an das Fell eines Bären.

»Das Frauenbild, welches diese primitive Form der Unterhaltung aufbietet, demonstriert uns das degradierte – vermeintlich schwächere –, weibliche Geschlecht, das dem übergeordneten Übermensch, auch genannt ›Mann‹, zu jeder Zeit zum Lustgewinn zur Verfügung zu stehen hat«, erkannte auch die Spitzenjournalistin Vanessa und blies ins selbe Horn. Leider nur im übertragenen Sinne.

»Haben Sie Aufnahmen der musikalischen Darbietung gesehen?«, fragte Frau Hess ihre Gastgeberin, wobei sie die Worte ›musikalische Darbietung‹ mit ihren klobigen Wurstfingern in Anführungszeichen setzte. Ein wahrlich unästhetisches Bild. Frau Blumenkübel bejahte mit einem empörten Gesichtsausdruck, und es wurden bewegte Bilder meines kurzen Gastauftritts abgespielt.

»Das ist ja unglaublich!«, meinte Vanessa und interpretierte Folgendes in die – zugegeben recht pubertären –

Lyrics. *»Herr Baukowski träumt also nicht nur davon, die Damenwelt mit seiner Mayonnaise zu bekleckern, nein, er spricht Frauen sogar die Seele ab.«*

»Frauen setzt dieser nur schwer zu ertragende Ekel-Autor ganz offensichtlich mit Schlampen gleich«, pflichtete ihr die Pummelfee kopfnickend und mit dem Doppelkinn wackelnd bei.

»Das ist einfach nur noch abartig und krank. Shame on you, Baukowski! Shame on you!«, skandierte Vanessa mit einem Kopfschütteln.

»Die Musikgruppe Mentors ist im Übrigen bekannt für ihre textlichen Schweinereien, und es ist für mich ganz sicher kein Zufall, dass ausgerechnet die bei Baukowskis Event aufgetreten sind. Meinen Recherchen zufolge hat ihr ehemaliger Sänger im Jahre 1997 sogar öffentlich zu einer Legalisierung von Vergewaltigung aufgerufen!«

»Unerhört!«, platzte es aus der Society-Expertin heraus. *»Da passt es ja bestens ins Bild, dass dort ein Getränk namens* Baukowski-Cumshot *verkauft wurde, der auch optisch ganz bewusst einem Samenerguss angepasst wurde.«*

»E-kel-haft!«, kotzten sich die beiden Grazien gleichzeitig aus und schüttelten sich angewidert. Bei Frau Hess kamen mir dabei Assoziationen zu einem Wackelpudding in den Sinn. Der Moderatorin hingegen hätte ich gern mal so einen guten Tropfen in den Rachen geschüttet.

»Mich würde es nicht wundern, wenn diese Getränke mit ›Date-Rape‹*-Drogen versetzt wurden«*, erdreistete sich Vanessa tatsächlich zu einer verleumderischen Aussage.

»Na ja, das scheint dieser notgeile Gossenphilosoph gar nicht nötig zu haben. Das Beschämende dabei ist ja, dass sich Teile des

weiblichen Geschlechts – unseres Geschlechts! – aus freiem Entschluss in diese unterwürfige Rolle begeben.«

»Haben Sie sich das Proletarier-Schriftwerk dieses Schmierfinken mal zur Brust genommen?«

Im Kontext der riesigen Puddingmöpse war es ein wirklich passender Spruch, auch wenn der Moderatorin dieser wohl eher unterbewusst rausgerutscht war.

»Das habe ich tatsächlich, denn ich halte es grundsätzlich mit dem chinesischen Philosophen Sunzi. Der war nämlich der Ansicht, dass man seine Feinde kennen sollte. Die bescheidenen Produkte des Möchtegern-Autors Baukowski sind voller Stereotypen und zielen auf den ganz plakativen und bei mir nicht zündenden Wortwitz ab. Doch damit nicht genug. Neben den Klischees ist jede einzelne Seite vollgestopft mit Sexismus und Rassismus, sogar inklusive eindeutigem Antisemitismus. Es ist mir ein Rätsel, wieso keine einzige seiner Veröffentlichungen bisher auf dem Index für jugendgefährdende Medien gelandet ist. Das muss man sich mit klarem Menschenverstand mal vorstellen. Dieser Dreck ist frei verkäuflich und somit auch für Heranwachsende mit nur wenigen Klicks im Internet zu erwerben!«

»Na, vielen Dank für die kostenlose Werbung!«, entfuhr es meinem losen Mundwerk.

Frau Hess war nun richtig in Fahrt.

Vanessa wollte sich aber offenbar nicht die Butter vom Brot nehmen lassen und grätschte dazwischen. *»Mir ist es wirklich schleierhaft, warum so ein konservativer Chauvinist in unserer modernen Gesellschaft überhaupt so ein Forum erhält.«*

Das war schon etwas paradox, schließlich sorgte Sat.1 ja mit dieser Ausstrahlung ebenso dafür. Aber wahrscheinlich standen Einschaltquoten über der eigenen

Moral. Auf diesem unterirdischen Niveau ging es noch eine ganze Weile weiter, und die beiden suhlten sich in ihrer ach so dramatischen Opferrolle und tauschten sich über den schrecklichen Leidensweg aus, den sie als arme, gebeutelte Angehörige des schwachen Geschlechts gehen mussten. Gerade als ich von dem ganzen Bullshit genervt und gleichzeitig gelangweilt abschalten wollte, spie das Knödelmädchen doch tatsächlich eine waschechte Drohung gegen mich und mein Zuhause aus.

»Die Liga der radikalen Feministinnen werden dafür Sorge tragen, dass das Stönkefitzchen schon bald seinen Geschäftsbetrieb endgültig einstellen und somit solch jämmerlichen Gestalten wie einem Herrn Baukowski die Bühne für seine längst überholten Wertevorstellungen nehmen wird. Sollten Sie zusehen, Herr Baukowski: Willkommen im einundzwanzigsten Jahrhundert. Dies ist als offizielle Kampfansage unserer Vereinigung gegen Sie und Ihre Mannen zu werten.«

Dieses füllige Miststück hatte also die Chuzpe, mir in der Öffentlichkeit die gelben Zähne zu zeigen und wollte mir meinen natürlichen Lebensraum entziehen. Noch konnte ich es nicht wirklich einschätzen, aber dieser gefräßige Blob war für mich nicht der Typ Frau, der eine leere Drohung ausstieß. Mein Bauchgefühl sagte mir, dass wir schon sehr bald Bekanntschaft mit ihr machen würden.

***

Es war Montag, und das Fitzchen hatte somit Ruhetag. Auch wenn wir diesen für gewöhnlich ignorierten und trotzdem dort abhingen, gönnten wir unserem Wirt nach dem ausufernden Wochenende heute eine Auszeit. Vor allem aber deshalb, weil es uns insgeheim vor den zeitaufwendigen Aufräumarbeiten graute. Für morgen verabredeten wir uns jedoch wieder, und ich ließ mich auf einen Besuch von Elif ein. Mittlerweile konnte ich mir endlich ihren Namen merken.

»Und? Wie war dein Wochenende, du machomäßiges Arschloch?«, fragte sie, als sie es sich mit einem Drink auf der Couch gemütlich gemacht hatte.

»War 'ne amtliche Party. Unser Ziel haben wir bei Weitem übertroffen.« Doch ich wusste, worauf sie mit ihrer Frage hinauswollte.

»Na, das hab ich wohl im Fernsehen gesehen. War kein schönes Gefühl, zuzuschauen, wie du mit anderen Frauen rummachst.«

»Ach, alles Imagepflege«, spielte ich die Sache herunter, um einer Grundsatzdiskussion aus dem Weg zu gehen. »Du weißt doch, ich bin nun mal ein Freigeist.« Ich gab ein paar untermalende Textzeilen aus Skynards *Free Bird* zum Besten.

»Jedenfalls besser als diese lächerlichen Mentors.« Elif lachte, und ich sorgte daraufhin unmissverständlich dafür, dass das hier nicht in die falschen Bahnen lief.

»Ich halte es ähnlich wie Oscar Wilde. ›Bigamie: Eine Frau zu viel zu haben, Monogamie dasselbe.‹«

Elif schaute mich einen Moment an und ich wusste, dass ich sie getroffen hatte. Aber sie fand schnell wieder zu ihrer Selbstsicherheit. »Das weiß ich doch. Ich bin ja auch nur hier, um mir meinen original *Baukowski-Cumshot* von dir abzuholen.« Sie lächelte dabei laszix und umspielte ihre vollmundigen Lippen mit ihrem Finger.

Unwillkürlich schoss mir bei dem Anblick mein Blut in die Körpermitte.

Als könne sie Gedanken lesen, zog Elif mich zu sich, öffnete meine Hose, und als sie meine Boxerhorts herunterzog, kam ihr mein bestes Stück freudig entgegen gewippt. Während sie meinen Schwanz überaus gekonnt bearbeitete, musste ich doch noch die *eine* Frage loswerden, die mich innerlich bewegte. »Du bist Blogger und – wie es neudeutsch so schön affig heißt –, Lifestyler. In deiner Einstellung tendierst du doch in eine ähnliche Richtung wie die Verstrahlten der Liga der radikalen Leckschwestern, oder wie die heißen. Was hältst du von der militanten Wuchtbrumme Charlotte Hess?«

Sie nahm meinen Fleischkolben aus dem Mund, massierte ihn aber mit ihrer rechten Hand weiter. »In Charlottes und meiner Denkweise gibt es durchaus Überschneidungen. Als ich den Beitrag im TV gesehen habe, dachte ich auch, dass du und deine Kumpels minderbemittelte, intolerante Hinterwäldler seid.« Elif spuckte auf meine Eichel und wichste weiter.

»Und was denkst du jetzt?«

»Da ich euch – beziehungsweise dich – ja nun kenne, weiß ich, dass ihr tatsächlich minderbemittelte, intolerante Hinterwäldler seid.« Elif grinste herausfordernd.

Meine noch unbefriedigte Neugierde hatte auf einmal keine Priorität mehr. Ich wollte dieses kleine sexy Biest ficken – und zwar auf der Stelle. Vermutlich gab es nicht viel, das uns beide einte, aber zwischen uns bestand unleugbar eine enorme sexuelle Anziehungskraft, und das war aller Voraussicht nach mehr, als es in den meisten Ehen der Fall war. Also spielten wir das alte Rein-Raus-

Spiel, bis wir nach mehreren Orgasmen völlig verausgabt voneinander ließen.

»Also bist du der Ansicht, dass diese unästhetische Schwabbelfresse mit ihrer Betrachtungsweise im Recht ist?«, knüpfte ich an unsere vorhin jäh unterbrochene Unterhaltung an.

»Das beschäftigt dich aber, was?« Als ich kopfnickend bejahte, fuhr sie fort: »Natürlich finde ich einige deiner rückwärtsgewandten Auffassungen zum Kotzen. Ich glaube aber auch, dass du eine Menge Gutes in dir trägst. Es spielt aber auch gar keine Rolle, ich bin einfach süchtig nach deinem Schwanz. Deine Persönlichkeit ist also sekundär.«

Mir gefiel es, wenn Elif so vulgär mit mir sprach, und es interessierte mich einen Scheiß, ob ich dabei zu einem verkackten Objekt degradiert wurde. »Charlotte bin ich bereits mehrfach begegnet. Mir ist sie in ihrer Art zu offensiv und teilweise ist sie mir zu penetrant, was Menschen ihre Meinung aufzudrücken angeht.«

»Sagt die Bloggerin«, gab ich neckend von mir.

»Ja, und die sagt dir auch noch, dass du bei ihr aufpassen musst. Sie hat Haare auf den Zähnen.«

»Nicht nur auf den Zähnen. Also für diese ausufernde Achselbehaarung hätte Nena in den 1980ern getötet! Scheiße, die hat ja mehr Bein- als ich Brusthaare!«

»Das ist auch nicht unbedingt meine Definition von Feminismus oder meinetwegen auch Emanzipation. Aber wie gesagt, einige ihrer Perspektiven kann ich sehr gut nachvollziehen. Aber lass uns jetzt da nicht ins Detail gehen.«

Ich gab mich für heute mit den Informationen zufrieden und war um jedes andere Thema dankbar.

»Von der bizarren Toilettenbegegnung mit deinem Freund Patrick hast du ja jüngst bereits nebenbei berichtet. Erzähl doch mal, wie du deinen Kumpel Udo kennengelernt hast.«

Kapitel 7

»Alte Freunde sind wie alter Wein,
er wird immer besser,
und je älter man wird,
desto mehr lernt man dieses
unendliche Gut zu schätzen.«
Franz von Assisi

Es war ebenfalls zu Beginn des fünften Schuljahrs. Ich hatte meine erste Audienz beim Rektor. Dieser war eine verbale Auseinandersetzung mit einem Sechstklässler, die in einen Schlagabtausch überging, vorangegangen. Ein Schwinger auf die Nase brachte meinen Kontrahenten zu Fall, und als er feststellte, dass ihm Blut über die Lippen rann, war es ganz vorbei. Er fing an wie ein Mädchen zu kreischen, und so wurde ein Lehrer auf uns aufmerksam. Natürlich sah dieser in jenem Augenblick nur das vermeintlich weinende Opfer am Boden, und ich wurde als Sündenbock zum Schulleiter geschickt.

Vor dessen Büro saß bereits jemand. Ein großer Kerl mit dunklen Haaren in Bluejeans und Lederjacke. Auf dem Pausenhof hatte ich ihn schon mal wahrgenommen: ein Einzelgänger. Der Junge war optisch schon fast zu alt für die zehnte Klasse und wirkte, als wäre er aus Filmen wie *The Outsiders* oder *The Wanderers* entsprungen.

Er nickte mir zu und ich ihm zurück, als ich mich mit einem Platz Abstand neben ihn setzte. Nach einer Weile fragte er mich: »Und? Was haste verbrochen?«

»Keilerei. Hab gut ausgeteilt, schätze ich. Habe meinem Gegner die Nase gebrochen.« Ich hoffte dem Älteren damit zu imponieren, da aber eine Reaktion ausblieb, fragte ich: »Und du?«

»Rauben, brandschatzen und vergewaltigen«, sagte er mit einem fetten Grinsen. Dann nahm er ein schwarzes viereckiges Döschen aus seiner Tasche und kippte sich daraus etwas auf die Hand, das aussah wie Kaffeepulver. »Du auch?«, fragte er mich, nachdem er sich das fein gemahlene Zeug nacheinander in beide Nasenlöcher gezogen hatte.

Ich bejahte, ohne auch nur ansatzweise zu wissen, wofür, beziehungsweise wogegen es gut war. Natürlich wollte ich es ihm gleichtun, ja, ihn sogar übertrumpfen, also stippte ich das dunkle Zeug großzügig auf meinen Handrücken und saugte die Prise in meine Nase ein. Das heftige Einziehen verursachte Schmerzen, und ich verzog unwillkürlich mein Gesicht.

Der Kerl neben mir amüsierte sich jedenfalls über meine Reaktion. »Anfänger, was?«, kommentierte er, während ich einige Male hintereinander geniest hatte. Nach einem ausgiebigen Naserümpfen und einer weiteren Niesattacke prustete der Ältere laut los, ich wusste aber nicht warum und konnte es auch nicht weiterverfolgen, da der Schulleiter in genau diesem Augenblick aus seinem Büro trat.

»Udo! Ich hätte fast gedacht, dass ich mal eine Woche Ruhe vor dir hätte, aber dieses Privileg ist meinen überstrapazierten Nerven natürlich nicht vergönnt.« Der Anflug eines Lächelns blitzte für eine Millisekunde auf den Lippen des Mannes in den Fünfzigern auf. »Und wie heißt der Scherzkeks, der neben dir sitzt?«

Udo zuckte mit den Schultern, und ich fühlte mich berufen meinen Namen preiszugeben.

»Baukowski, wie?«, wiederholte ihn der Rektor und spielte dabei an seinem Walrossbart. Nun baute er sich vor mir auf und taxierte mich mit seinem rasiermesserscharfen Blick. »Du bist also der gewagten Ansicht, dass man sich über die unbeschreiblichen Leiden des jüdischen Volkes lustig machen darf?«

Udo schaffte es nicht, ein Lachen zu unterdrücken, und ich konnte mir auf die Frage einfach keinen Reim machen.

Mit offen stehendem Mund schaute ich erst den Direx und dann Udo an. Mein Nebenmann tippte sich mit dem Zeigefinger auf die Oberlippe, und als ich das daraufhin auch bei mir machte, stellte ich fest, dass ein Teil der Schnupftabakprise wohl als Quadratbärtchen stehen geblieben war.

»Alle beide mitkommen in mein Büro, aber *pronto*!«

Und wir taten wie uns aufgetragen.

Als wir Platz genommen hatten, setzte sich auch der Rektor hin. Seine Ellenbogen stützte er auf seinem massiven Schreibtisch ab und rieb sich nachdenklich die Augen. Mit müder Stimme richtete er sich an Udo. »In meiner gut zwanzigjährigen Karriere habe ich keinen meiner Schüler so oft hier herein zitieren müssen wie dich. Du hast das Schulgesetz tatsächlich bis zum Letzten ausgereizt, indem du während deiner Zeit in den Klassen sieben bis zehn nicht nur zweimal wiederholt hast, nein, du hast es sogar geschafft, eine Ausnahme zu erwirken und eine dritte Runde zu drehen, da es externe Stimmen gab, die dir einen erfolgreichen Schulabschluss zutrauten. Wie dem auch sei, deine Tage auf meiner Schule sind definitiv gezählt, ob mit oder ohne Abschluss.« Der Direktor lehnte sich nun in seinem Stuhl zurück und faltete seine Hände in seinem Nacken. »Dieses Katz- und Mausspiel mit dir bin ich leid. Ich habe nicht mehr die geringste Lust, mir anzuhören, was du dieses Mal wieder ausgefressen hast und anschließend deinen dünnen Erklärungsversuchen sowie schlechten Ausreden zu lauschen. Ich habe einfach keine Kraft mehr, in dich hinein zu investieren, in der leisen Hoffnung, dich doch noch auf den rechten Weg zu bringen, nur um dann Mal um Mal von dir enttäuscht zu werden.« Der Schulleiter setzte eine gewichtige Pause ein und fuhr dann mit einem Seufzen fort. »Dabei ist es so unglaublich schade, denn es steckt so viel Potenzial in dir. Du kannst weitaus mehr als das Alphabet rückwärts rülpsen oder deiner Umwelt auf den Geist gehen. Ich habe bis heute nicht verstanden, was dich so sehr an diese Schule bindet, dass du sie auf Teufel komm raus nicht verlassen möchtest.«

Udo schwieg und so richtete der Direx seinen Zeigefinger auf mich. »Und was hast du dir zu Schulden kommen lassen?«, fragte er mich, und ich klärte ihn kurz und sachlich auf. »Dein Konterpart war nicht zufällig jüdischen Glaubens?«, wollte er von mir wissen.

»Das kann ich Ihnen wirklich nicht sagen«, antwortete ich wahrheitsgemäß.

»Aber ausschließen kannst du es auch nicht?« Die Augen des Rektors waren zu Schlitzen verengt, und gerade, als ich ihm sagen wollte, dass die Konfession sowie die Ethnie von keinerlei Belang für mich war, ergriff die Autoritätsperson wieder das Wort. »Ihr beide werdet mir am Montag ein zehnseitiges Referat abgeben. Das Thema wird sein, dass ihr über eine wichtige Persönlichkeit mit jüdischen Wurzeln schreibt, die ihr frei wählen dürft. Ich will, dass ihr verschriftlicht, was diese Person Wichtiges für Deutschland geleistet hat. Noch Fragen?«

Wir beide verneinten wortlos.

»Na dann raus hier und ab in den Unterricht.«

Als wir gerade durch die Tür gehen wollten, rief er uns hinterher: »Ach, eines noch Jungs«, und nun lächelte der Prinzipal wirklich, »ihr beide arbeitet zusammen.«

Noch ehe Udo protestieren konnte, schlug er uns die Tür vor der Nase zu.

»Komm mit, wir gehen erst mal eine quarzen«, gab Udo die Marschrichtung vor. Da Unterrichtszeit war, waren nur wir beide auf dem Freigelände. Ich war überrascht, als Udo sich mitten auf dem Schulhof eine Zigarette anzündete, nachdem er mir auch eine angeboten hatte. Nach einem tiefen Zug fragte ich ihn, ob er keinen Schiss hätte, wegen des Qualmens einen weiteren Tadel zu kassieren.

»Mir können die doch nichts. Ich bin ja volljährig. Dir allerdings schon.« Udo lachte. »Hör zu Kleiner, du kommst am Samstag um acht zu mir und wir machen die Ausarbeitung dann zusammen.«

Ich klärte ab, wo er wohnte und versprach ihm pünktlich zu sein.

»Kennst du denn überhaupt Juden?«

»Den Nachmann vom Zentralrat und natürlich den Realitätsjuden«, fiel es mir spontan ein, dann musste ich schon nachdenken. Literarisch waren mir Tucholsky und Heine ein Begriff.

»Woher kennt so ein Hosenscheißer wie du diese Schriftsteller?«

Ich zuckte mit den Achseln und gab an, dass ich gern lese.

»War der jüngst verstorbene Künstler Chagall nicht auch einer?«, fragte Udo nach.

»Ich glaube schon. Was ist mit Adorno, Bloch oder warte mal. Wie wäre es mit Sigmund Freud?«, erkundigte ich mich bei Udo.

»Auf gar keinen Fall! Der jagt mir irgendwie eine Scheißangst ein. Es ist, als ob er in mich hineinschauen könnte. Wie heißt dieses kleine Mädchen noch mal? Astrid? Anne?«

»Anne Frankenstein?«

»Du bist ja richtig witzig, wirklich zum Schießen.« Das klang nicht grade wie ein Kompliment. Dabei konnte er froh sein, dass Mitte der 1980er der Schauspieler Jude Law noch keine Nummer war, sonst hätte ich da noch einen aus dem Hut gezaubert.

Udos Blick war nun allerdings ernst und er flüsterte: »Hör mal, für mich ist das ein hochsensibles Thema. Mein Großvater ist in dem Konzentrationslager Belsen-Bergen umgekommen.«

»Oh, das wusste ich nicht. Das tut mir leid.« Da war ich wohl voll ins Fettnäpfchen getreten.

»Er ist besoffen vom Wachturm gefallen.« Udo fing an zu lachen, und ich fühlte eine Verbundenheit zwischen uns, zumindest auf der Humorebene befanden wir uns auf Augenhöhe. »Komm, Kleiner, du musst noch viel lernen. Hast du Bock auf die Penne oder willst du lieber ’ne Runde mit mir cruisen?«

Was für eine Frage. Das war der erste Tag, an dem ich den Unterricht schwänzte.

***

»Ach komm, du willst mir doch jetzt nicht allen Ernstes erzählen, dass ein achtzehnjähriger Typ mit einem Zwölfjährigen abhing«, gab Elif spöttisch von sich.

»Sofern ich mich recht entsinne, war ich noch nicht einmal zwölf.« Ich kratzte mich überzogen nachdenklich am behaarten Kinn.

»Grrrr. Du Korinthenkacker machst mich noch wahnsinnig!«

»Hey, ich bin kein Klugscheißer, ich weiß es …« Und zack, fiel mir das freche sowie vorlaute Luder ins Wort.

»… wirklich besser. Jaja, kenne ich schon. Die ganze Geschichte, wie du Udo kennengelernt hast, ist doch bestimmt wieder eine deiner Räuberpistolen, oder?« Es fühlte sich an, als ob sich ihr skeptischer Blick förmlich in mich hineinbohrte.

»Ich war halt ein frühreifes Bürschchen«, beteuerte ich.

»Vielleicht ist ja genau das der Punkt an der Story, der mich zweifeln lässt. Ich vermisse den Sex und die abartigen Schweinereien.«

»Halt jetzt deinen Mund und lausche dieser wunderschönen Anekdote. Du wirst noch auf deine Kosten kommen, Bitch!« Grinsend setzte ich meine Geschichte fort.

***

Samstag um kurz vor acht, stand ich bei Udo auf der Matte und klingelte. Er selbst öffnete nicht, dafür aber eine gut aussehende junge Frau im Sommerkleid.

»Guten Abend, meine Hübsche, mein Name ist Baukowski und ich bin hier um acht mit Udo verabredet.«

»Oh, du bist aber charmant.« Sie strahlte mich an. »Komm erst mal rein.«

Wir setzten uns ins Wohnzimmer. Aus dem Nebenraum – schätzungsweise dem Schlafzimmer – hörte ich trotz meines jungen Alters zweifellos den liebreizenden Klang der menschlichen Kopulation, schließlich hatten Pornofilme ja bereits meine Seele zerstört.

»Ist er da drin?«, erkundigte ich mich und zeigte auf das Nebenzimmer.

Die junge Frau grinste nur breit und präsentierte eine auffallende Zahnspange, die bei dem künstlichen Lichtfall aufblitzte.

Udo war mein verdammter Held! Er war volljährig, also konnte er sich jederzeit mit reichlich Alkohol eindecken. Zudem war er mobil und hatte seine eigene Bude. Das ist nun mal relevant, wenn man Chicks aufbocken will. Er konnte all das jederzeit tun, wovon ich im stillen elterlichen Kämmerlein nur träumen konnte.

»Und du bist sein kleiner Bruder?«, fragte sie und ich schüttelte energisch den Kopf. »Wie alt bist du denn?«

»Fünfzehn«, log ich, um älter zu wirken, auch wenn ich heutzutage mein biologisches Alter eher herunterlüge.

»Ich bin übrigens Michaela.«

Ich nickte nur cool und zählte die leeren braunen Flaschen auf dem Tisch. Eine halbe Flasche Wodka stand ebenfalls dort.

»Willst'n Bier?«

»Klar.« Warum nicht?

Es wurde nun etwas lauter im Raum nebenan. Offenbar befanden sich die beiden in der heißen Phase.

Ich stieß mit Michaela an, leider nur mit unseren Getränken und gönnte mir einen ausgiebigen Schluck eiskalter Hopfenbrause, die sie mir aus dem fast leeren Kühlschrank gebracht hatte. Still und heimlich warf ich einen Blick auf sie. Sie war schon ein hübsches Ding, wie sie in ihrem sommerlichen Kleidchen auf dem abgewetzten Sofa saß. Ich schätzte sie auf etwa sechzehn. Das Zahnspangen-Girl bemerkte, dass ich sie beobachtete, und das Luder nahm nun keinen Schluck aus ihrer Flasche, sondern fuhr mit ihrer Zunge langsam den Flaschenhals entlang. Verdammt, ich war ein pubertierendes Bürschchen und meine Hormone spielten sowieso schon verrückt. Natürlich wurde der Platz in meiner Hose enger, auch eindeutig nach außen hin sichtbar. Auch wenn mich Zahnspangen tendenziell eher abtörnten, da ich befürchtete, dass sich Essensreste darin absetzten, wollte ich jetzt nur noch meinen Aal befreien und ihr freches Mäulchen damit stopfen.

Das blieb auch Michaela nicht unverborgen und sie konnte sich ein Kichern nicht verkneifen. Wahrscheinlich lief mir in diesem Augenblick förmlich der Geifer aus dem Mund.

In dem Moment ging die Tür vom Schlafzimmer auf und Udo kam in Boxershorts ins Wohnzimmer. Als er mich sah, erstarrte er für einen Wimpernschlag. »Was machst du denn hier?« Dem folgte eine Sekunde die Erkenntnis. »*Fuck*. Wir wollten jetzt dieses Scheißreferat schreiben, oder? Hatte ich voll nicht mehr auf dem Radar.«

»Morgen ist auch noch ein Tag, allerdings der letzte«, bot ich ihm an. Nun trat ein in Unterwäsche bekleidetes Mädchen zu uns.

»Yeah. Sorry, aber ich habe diese beiden wunderschönen, brünetten Mädchen hier.« Er legte seinen Arm und das Girl, welches er im Nebenraum beglückt hatte.

»Lass ihn doch mit uns Party machen«, setzte sich Michaela für mich ein, und Udo schien daraufhin zu überlegen.

»Wir haben kaum noch was zu saufen«, stellte Udo fest, nachdem er es im Kopf offenbar abgewägt hatte, und dann richtete er sich wieder an mich. »Hast du Kohle?«

Viel Geld hatte ich zwar nicht dabei, aber zehn oder fünfzehn Mark befanden sich locker noch in meinem Portemonnaie. »Dann fahren wir zwei jetzt zur Tanke und holen eine Kiste Bier«, bestimmte Udo, und ich hielt das für eine großartige Idee. Auf dem Hin- und Rückweg zur Tankstelle, die nur wenige Minuten entfernt war, wurde ich lautmalerisch Zeuge von Udos vermeintlich unglaublichen Liebeskünsten.

Als wir zurückkamen, waren die beiden Mädels bereits lattenstramm, die Wodkaflasche allerdings nur zu einem weiteren Viertel geleert. Sie gackerten wie die Hühner, während sie sich auf der Couch herumbalgten. Das kleine alberne Kämpfchen ging nahtlos in ein Fummeln und Knutschen über. Udo und ich sahen uns mit einem fetten Grinsen an, setzten uns erwartungsvoll vor die beiden, öffneten unser Blondes und genossen die Show.

Michaela ließ nichts anbrennen und massierte die zierlichen Brüste ihrer Partnerin, in dem Wissen, welche Lust sie auch uns damit bereitete. Kurz darauf saugte sie bereits an den aufgerichteten Brustwarzen, was ihre Gespielin mit einem leisen Stöhnen erwiderte.

Udo stupste mich an. »Erde an Baukowski!« Udo bzwinkerte. »Hier ist noch was, um deine Kehle zu befeuchten.«

Der Live-Act hatte mich so sehr in seinen Bann gezogen, dass ich gar nicht mitbekommen hatte, wie Udo noch zwei Biere geholt und geöffnet hatte.

»Wollt ihr beiden nicht mitmachen?«, wurden wir kokett von Udos Mädel aufgefordert.

»Ich dachte schon du fragst nie.«

Wir exten die Getränke und entledigten uns unserer Kleidung in Rekordgeschwindigkeit.

»Wow, unser Kid hat einen richtig gut gewachsenen Schwanz«, stellte Michaela fest.

Diese Aufmerksamkeit schien Udo zu missfallen. »Das mag sein, aber schau dir mal diesen Hodensack hier an.« Daraufhin präsentierte er ihn den beiden hochmütig.

Bis heute habe ich nie wieder einen Mann kennengelernt, der so verdammt stolz auf sein Gehänge war. Ich erkannte damals jedenfalls nur eine weitere schrumpelige Hauttasche. Selbst nach Udos hässlichem Unfall – ein Hund hatte sich in genau jener Stelle festgebissen –, hat er sich wieder dieses seltsame, übersteigernde Selbstbewusstsein angeeignet.

Michaela kümmerte sich um mich und begann meine Einspritzpumpe mit ihren Händen, ihrem Mund und ihrer Zunge zu verwöhnen.

Udo zog als ersten Akt den Slip des Mädchens aus, hielt sich diesen unter die Nase und sog den Geruch tief ein. Anschließend widmete er sich ausgiebig ihren Füßen und streichelte und saugte daran. Er war wohl schon immer ein wenig anders, aber waren wir das nicht alle?

Ich jedenfalls gab mich ganz Michaelas Künsten hin und wurde erst in die Realität zurück katapultiert, als Udo laut »Sapperlot!« ausrief und das Liebesspiel unterbrach. »Du hast deine Tage?«

»Ähm, nein …?«, sagte sein Mädchen mit einem leicht peinlich berührten Blick und Michaela fing an mädchenhaft zu kichern.

»Wir haben nur was ausprobiert …«, half sie ihrer Freundin auf die Sprünge und zeigte ebenfalls einen weißen Faden, der aus ihrem einladenden Fleisch hervorlugte.

»Ihr habt was?«, sprachen Udo und ich zeitgleich aus.

»Na ja«, stammelte das Mädchen mit der Zahnspange und führte aus. »Als ihr unterwegs wart, haben wir uns gefragt, ob man Alkohol auch anders konsumieren kann.« Sie zuckte mit den Achseln.

»Ja, das meiste Zeug schmeckt ja überhaupt nicht. Ich bringe es jedenfalls kaum runter«, rechtfertigte sich die andere.

»Nur zum Verständnis, damit ich auch wirklich kapiere, was hier läuft. Weil euch der gute Stoff nicht schmeckt, habt ihr Tampons mit Wodka getränkt und sie euch in eure *Tunnel of Love* eingeführt?«, folgerte Udo, und ich hatte in meinem Leben selten was Dämlicheres vernommen.

Die beiden schauten nun pikiert zu Boden, da sie wohl jetzt erkannten, dass es genauso dämlich war, wie es sich anhörte.

»Das ist einfach brillant! Die Idee ist so simpel wie genial«, fand Udo und ich traute abermals meinen Ohren nicht.

»Wir sollten wieder zum Wesentlichen zurückkehren …«, drängte ich, da meine schöne Erektion nun mehr und mehr in sich zusammensackte.

»Nein, mein junger Freund. Das hier hat jetzt Priorität«, bestimmte Udo. »Sarah, ich möchte auch einen o.b.« Irritiert reichte sie ihm einen Tampon aus ihrer Handtasche und Udo verschwand samt dem restlichen Wodka zur Toilette. Es dauerte ein Weilchen, da kam er mit einem verdammt glücklichen Gesichtsausdruck wieder zu uns zurück. »Das ist einfach unglaublich! Durch die Schleimhäute im Darm gelangt der Alk viel schneller in die Blutbahn. Ich habe fast nichts verbraucht.« Zum Beweis hielt er uns die Flasche hin. »Und bin im wahrsten Sinne des Wortes *arsch*voll!«

Was für ein Teufelskerl, dieser Udo! Und ich wusste, dieser Abend würde der Beginn einer wundervollen Freundschaft werden. So wurde ich seinerzeit Zeuge, wie das heutzutage unter Teenager gängige *Speedballing* in Udos vier Wänden für die Frau sowie auch den Mann erfunden wurde.

***

»Dass du auch noch stolz darauf bist, ist ja wohl das Allerletzte«, raunzte Elif mich an.

»Ich kann dir nicht folgen«, meinte ich und sah sie an.

»*Speedballing* ist ein ganz trauriger Trend. Es hat bereits mehrere Tote gegeben, und auch dieses Wochenende werden in zig Städten wieder Jugendliche mit einer Alkoholvergiftung ins Krankenhaus eingeliefert. Und was machst du? Du feierst so eine gefährliche Scheiße auch noch ab. Wirklich eine tolle Vorbildfunktion …«

»Moment!«, protestierte ich, da ich mich ungerecht behandelt fühlte. »Find ich ja auch nicht gut, und außerdem habe ich mir selbst auch noch nie was eingeführt.«

Doch Elif schüttelte nur ihren Kopf und schaute mich weiter mit ihrem Ich-bin-wütend-auf-dich-Blick an.

Ich bot ihr eine letzte Entschuldigung in Form von: »Ich kann sowieso nicht nachvollziehen, dass es Menschen gibt, denen Alkohol nicht schmeckt.«

»Finde ich echt nicht lustig.«

Ich nahm sie in den Arm und ihr Zorn verschwand schnell wieder.

Nach einigen Minuten fragte sie: »Ich hätte nicht gedacht, dass dein erstes Mal so eng mit deinem Freund verbunden ist.«

»Hey, ich habe nicht behauptet, dass das mein erstes Mal war!«, erinnerte ich Elif an die Fakten und erntete als Reaktion wieder diesen Blick von vorhin.

»Wie ging es denn weiter, habt ihr an dem Abend noch verkehrt?«

Beim letzten Wort musste ich auflachen. Das war so was von oldschool und irgendwie so typisch für Elif. Sie sprach gebildet, wenigstens solange, bis sie spitz wurde, dann wurde sie anzüglich und direkt.

»Klar haben wir, aber über den Ausgang der Geschichte rede ich ehrlich gesagt nicht so gern. Na ja, es ist mir halt etwas unangenehm.« Und das war mein voller Ernst.

Jetzt wiederum musste Elif lachen. »Es gibt etwas, das *dir* peinlich ist? Also ich glaube, ich war nie neugieriger.«

***

Die Stimmung war zwar vorbildlich, aber ich war jetzt nun einmal geil und wollte den beiden ganz gewaltig einen verkacheln. Die zwei Hübschen hatten allerdings Gefallen daran gefunden, sich anstelle von Schwänzen alkoholgetränkte Tampons einzuführen. Und Udo irgendwie ja auch, wenn auch in eine andere Körperöffnung.

»Lasst uns mal ’n Bier probieren«, schlug Udo schon reichlich angeschäkert vor, nachdem die Reste der klaren

Flüssigkeit versiegt waren. Die beiden Mädels waren sofort Feuer und Flamme.

Sarah hatte einen Geistesblitz. »Den herben Geschmack des Pilsener kann ich ja gar nicht ab. Ich krieg das Zeug einfach nicht runter, aber so sollte es funktionieren.«

»Mir kannst du direkt zwei auf einmal reichen.« Michaela schien sich sichtlich zu amüsieren und führte sich die Dröhnung zusätzlich in ihr Hinterstübchen ein.

Seltsam, aber ich kam mir auf einmal wie ein Außenseiter vor, obwohl ich meine Maurerbrause auf dem wohl vorhergesehenen und natürlichen Weg konsumierte. Na ja, jedem Tierchen sein *Klistierchen*, oder wie sagt man? Wie bereits erwähnt, die Atmosphäre war großartig und die beiden Dorfmatratzen (O-Ton Udo) verdammt noch mal betrunken. Jetzt lag es an mir, unsere Wanderpokale (ebenfalls O-Ton Udo) wieder scharfzumachen und auf Touren zu bringen.

»Also, ich steh auf den Geschmack guten Biers und ich liebe Haartruhen. Ob eure engen Fellnasen jetzt auch danach schmecken?«, fragte ich keck in die Runde. Dieser – zugegeben recht proletenhafte – Satz reichte tatsächlich aus, um meinen Kopf erst in Michaelas und dann in Sarahs Schoß vergraben zu dürfen. Retroperspektivisch muss ich gestehen, dass diese Formulierungsvarianten für eine Muschi recht amüsant klingen. Aber das mit den Haaren war nun einmal dem Zeitgeist geschuldet. Damals bearbeiteten wir unsere Zähne auch nicht mit Dentalseide oder gar -sticks. Wenn uns was in den Innenräumen steckte, leckten wir eine Samendattel, um uns davon zu befreien. Wie auch immer, ich schweife ab. Unter dem billigen Vorwand einer Geschmacksverköstigung stimulierte ich die beiden Hübschen, und der Weg für ein Fickfest war nun geebnet.

Udo und ich hatten inzwischen reichlich getankt (ich oral, er rektal). Das spielte uns jetzt in die Karten, denn es verhinderte ein zu schnelles Abspritzen, und wir konnten unsere Kräfte gezielter einteilen. Wir nahmen unsere Mädels in allen erdenklichen Positionen und waren uns auch nicht zu fein, sie zwischenzeitlich mal zu tauschen. Die Zeit verging wie im Flug, und an das Referat verschwendete ich natürlich keinen einzigen Gedanken mehr. Auch nicht daran, dass ich mit meiner Mutter vereinbart hatte, dass sie mich um Punkt dreiundzwanzig Uhr abholen würde. Erst als es Sturm klingelte und eine vertraute Stimme durch die Tür rief, wurde ich aus meinem Sexrausch gerissen.

»Huhu, ich bins. Seid ihr zwei etwa eingeschlafen?«

Für einen kurzen Augenblick erstarrte ich zu Eis. Dann aber fasste ich einen rationalen Gedanken und erkannte, dass ich schnellstmöglich in meine Kleidung hüpfen musste. Mein Fleischspieß steckte im frechen Mundwerk von Michaela. Irgendwie hatte sich in dem entstandenen Durcheinander wohl mein Penisbändchen, welches die Vorhaut mit der Unterseite der Eichel verbindet, in ihrer Zahnspange verfangen. Mit einem Ruck zog ich meinen geliebten Feuerwehrmann zurück und dabei riss das kleine Band. Ein verdammt intensiver Schmerz breitete sich in mir aus, und ich ließ einen schrillen Schrei. Als ich sah, in welcher Geschwindigkeit sich eine Blutpfütze unter mir bildete, brüllte ich gleich noch mal wie am Spieß – und die drei Nackten gleich mit mir. Das war der Zeitpunkt, als meine Ma – wahrscheinlich um mir zur Hilfe zu eilen –, aufgeschreckt durch die nicht abgeschlossene Wohnungstür trat, und als sie mich erblickte, mit in unseren kollektiven Ausruf einstimmte.

Splitternackt verfrachtete sie mich ins Auto. Udo reichte mir freundlicherweise noch ein Handtuch, damit ich die Sitze nicht allzu sehr versaute, und dann wurde ich ins nächste Krankenhaus gebracht. Letztlich war die Blutung bereits gestillt, ehe wir eintrafen, sodass vor Ort nur noch eine kleine operative Sanierung notwendig war.

Doch es war nicht das physische Leiden, sondern viel mehr die seelische Pein, die an mir nagte. Im Hospital fragte zum Glück niemand konkret nach dem Hergang des Unfalls, wahrscheinlich war es für sie eindeutig, dass ich Frühzünder solange ›Fünf gegen Willi‹ gespielt hatte, bis das Bändchen gerissen war. Ich durfte nach der Operation gleich wieder mit nach Hause.

Dort wurde der Vorfall tabuisiert, was mir nur recht war, schließlich spreche ich nicht einmal heutzutage gern darüber, im Gegensatz zu Udo, der diese Anekdote immer mal wieder hervorholt. Dennoch erhielt ich als Sanktion für den Rest des Monats Stubenarrest. Zu meinem Glück kam Opa tags darauf zum spontanen Besuch, und nachdem ich mich ihm anvertraute, brach er für mich bei meinen Eltern – ich entschuldige mich für das billige Wortspiel –, eine Lanze. Der Hausarrest wurde dadurch immerhin auf eine Woche reduziert.

Meine Eltern sprachen mich auch nie mehr auf diese überaus unangenehme Situation an, und dafür bin ich ihnen sehr dankbar. Am folgenden Montag fand ich kommentarlos eine Packung genoppter Kondome auf meinem Bett vor. Lächerlich! Solche – vermeintlich gefühlsechten – Lusttöter habe ich bis heute kein einziges Mal benutzt.

***

»Eine Lehre scheint dir diese Penisverletzung ja nicht gewesen zu sein …« Am Tonfall erkannte ich, dass Elif meinen Humor nur sehr eingeschränkt teilte.

»Doch, war sie. Seitdem habe ich um Frauen mit 'ner Schwanzraspel im Gesicht einen großen Bogen gemacht.«

Elif verdrehte ihre Augen und stöhnte genervt auf, genau das trieb mich an, dort weiter anzusetzen. »Okay, das stimmt auch nur bedingt, aber es gab definitiv kein *Cocki Cocki, sucki sucki* mehr, wenn ein Mädel ein Maulgitter in der Fresse hatte.«

»Dein Frauenbild ist wirklich schwer entartet. Ich kann Vanessa und die Hess da schon ganz gut verstehen. Du gibst wirklich ein einzigartiges Feindbild ab.«

Damit war das Thema für mich vom Tisch und es war an der Zeit, die Augen zu schließen.

Doch für Elif war noch eine Sache ungeklärt und sie stupste mich an. »Was war denn nun mit dem Referat? Hast du den Tag Hausarrest genutzt und dich in die Arbeit gestürzt?«

»Natürlich nicht! Mit einem Kühlkissen auf den Nüssen habe ich den Tag auf meinem Zimmer verbracht. Ich war traumatisiert, schließlich habe ich quasi am Vortag meine eigene *Brit Mila* erlebt. Von den ganzen Hakennas…, äh, ich meine natürlich von dem Judentum, hatte ich verständlicherweise die Schnauze gestrichen voll.«

»Also hast du's gar nicht erst abgegeben?«

»Doch, habe ich. Und es war ein überdurchschnittlich guter Beitrag.«

***

Als ich am Montagmorgen aus dem Schulbus stieg, hörte ich ein Hupen. Das Auto erkannte ich, es war Udo. Ich stieg ein, und er erkundigte sich nach meinem Wohlbefinden. Lustigerweise sagte er danach noch etwas wie: »Also, wenn meinem Lörres oder meinen Kronjuwelen etwas zustoßen würde, glaube ich, wäre das der Weltuntergang für mich, und ich würde mich freiwillig weghängen.« Er griff nach hinten auf den Rücksitz und holte einige handgeschriebene Seiten hervor.

»Was ist das?«, fragte ich aufrichtig interessiert.

»Na, unser Referat.«

Ich staunte nicht schlecht und überflog ein paar Seiten. Es war überraschend gut wie ich feststellen musste. »Sag bloß, du hast den gesamten Sonntag dafür investiert?«

»Natürlich nicht. Anal-Alkohol knallt wie Bolle, aber ein Freifahrtschein, um dem Kater zu entgehen, bietet er nicht, und somit war ich bis zum frühen Abend außer Gefecht. Sarah und Michaela – an den Namen hättest du's übrigens erkennen können – sind Anhänger des

Zionismus. Sie hatten ein schlechtes Gewissen wegen deines Unfalls, und als ich Michaela – das war die mit der Metallfresse – dein wahres Alter verraten habe, war es ein Kinderspiel, ihre Hilfe zu erhalten. Die beiden waren gestern bei einem alten Itzig, einem Rabbiner oder so, und haben unsere Arbeit erledigt.«

Auf den ersten Seiten wurde auf diverse internationale jüdische Persönlichkeiten eingegangen. Die komplexe Schlussbetrachtung endete mit der Quintessenz, dass nicht irgendwelche Prominente, sondern jeder einzelne Jude seinen Beitrag für die Bundesrepublik Deutschland geleistet habe.

»Wow, das ist richtig gut«, lobte ich das Werk, nachdem ich das Fazit gelesen hatte.

»Ja, der Hammer, oder? Der Direx wird sich auf das Sozialgeschwurbel einen runterholen. Da er deine Klaue noch nicht kennt und ich eh durch verschiedene Schriftbilder aufgefallen bin, wird diese Arbeit hier garantiert als unsere durchgehen.«

Kapitel 8

»Die Feministinnen zäumen die Sache vom Schwanz her auf.«
Werner Schneyder

Es war Dienstagabend und Theos Schonzeit somit vorbei. Zumindest hatte er inzwischen genügend Luft gehabt, um – drinnen wie draußen – alle Verunreinigungen vom Wochenende zu entfernen.

Da ich durch Bequemlichkeit in Kombination mit regelmäßigem Suff wissentlich Raubbau an meinem eigenen Körper betrieb, beschlich mich ab und an das schlechte Gewissen, und ich kündigte den Jungs an, dass ich mich per Fahrrad auf den Weg machte – was selten genug der Fall war. Im Nachhinein erwies sich das als vorausschauend.

Auf halbem Weg klingelte mein Handy, und ich telefonierte, während ich weiter in die Pedale trat, da ich keine Zeit verschwenden wollte, denn meine Kehle war ausgetrocknet.

»Gottverdammmich! Die Kacke ist hier so richtig am Dampfen!« Patrick sprach sehr laut, anscheinend musste er gegen einen Sprechchor im Hintergrund ankämpfen.

»Was is'n da los?«, fragte ich nach und musste ebenfalls überdurchschnittlich laut sprechen, um überhaupt Gehör zu finden.

»Die Liga der radikalen Dummfotzen ist vorm Stönkefitzchen aufgelaufen und demonstriert hier im ganz großen Stil!«

»Okay, das klingt überhaupt nicht gut. Worauf muss ich mich einstellen?«

Die Lautstärke der Sprechchöre im Hintergrund war mittlerweile fast ohrenbetäubend, sodass ich mir ungefähr ausmalen konnte, was dort vor sich ging.

»Alter, ich kann kein Wort mehr verstehen. Komm bloß zum Hintereingang rein.« Das war alles, was ich aus der Geräuschkulisse herausfiltern konnte.

Mein drittes Ei hatte mich bereits davor gewarnt, dass Charlotte Hess' Auftauchen große Schatten warf. Gut, das war bei der Körpermasse ja auch kaum zu vermeiden. Aber im Ernst, ihr Auftritt im Frühstücksfernsehen war schon daneben, doch jetzt überschritt sie definitiv eine Grenze und drang sogar in meine Privatsphäre ein. Wut stieg in mir hoch. Mir sind ja Leute, die andere so dermaßen penetrant von ihrer eigenen Meinung überzeugen wollen, generell zuwider. Da ich in Gedanken vertieft und dadurch abgelenkt war, fuhr ich mit meinem Drahtesel fast in einen Zeugen Jehova, der dem Volk seine Propagandamittel anpries. Solches Pack verachtete ich, aber beispielsweise auch Moslems oder Christen. Für mich ist das Christentum die größte kriminelle Sekte der Welt. Um mich kurz zu fassen: Ich hasse alle, die anderen dominant ihren Stempel aufdrücken wollen. Meine Devise ist leben und leben lassen. Im Prinzip ein ganz simples Gesetz. Du willst anders sein? Kein Problem, zieh deinen Stiefel durch, aber geh mir damit nicht auf die Klötze.

Meine Laune war jetzt jedenfalls so ziemlich im Mokkatempel. Mein Plan sah vor, dass ich mir etwa drölfzig Bierchen sowie ein paar Kurze mit meinen Droogs reinzwirble. Ich hatte keinerlei Interesse an dieser öffentlich ausgetragenen Fehde. Demgegenüber standen jedoch die billigen Sticheleien sowie Provokationen von Charlotte ›Doppel Whopper‹ Hess, die ich nun nicht mehr so einfach auf mir sitzen lassen konnte. Mein guter Vorsatz, diese Zumutungen bei ein paar Drinks auszusitzen, rückte mehr und mehr in den Hintergrund. Mir schwante mittlerweile, dass sie diese Unverfrorenheiten, die sie unter dem Deckmantel der Toleranz verbreitete, nicht von sich gab, um im Fokus der Öffentlichkeit zu stehen. War sie tatsächlich eine Idealistin, die aus reiner und vermeintlich edler Überzeugung handelte? Das könnte sie allerdings noch weitaus gefährlicher machen.

Je näher ich Theos Kneipe kam, desto lauter wurde das Skandieren von noch nicht näher einzuordnenden Parolen. Als der Menschenauflauf in meiner Sichtweite war, staunte ich nicht schlecht: Es hatten sich nicht etwa fünfzig fehlgeleitete Schäfchen eingefunden, sondern es waren locker 400 oder 500 Frauen, die sich hier versammelt hatten. Aus sicherer Entfernung unentdeckt, schaute ich mir angewidert das unglaublichste Konglomerat aus unästhetischen sowie fast durch die Bank weg fetten Weibern an, die allesamt den guten alten BH verteufelten und damit nicht gerade den physikalischen Gesetzen der Schwerkraft trotzten. Mein Körper erschauderte, und ätzende Galle schoss mir bei diesem äußerst bizarren Anblick die Speiseröhre hoch.

Einheitlich erschallten Schanddiktate im Chor, die unter anderen meinen Namen innehatten. Es wurden selbstgemachte Transparente und Schilder in die Luft gereckt, die Reime, Forderungen, Bilder oder Karikaturen aufzeigten. Auf manchen der – zugegeben kreativen – Porträts, konnte ich gar mein Konterfei entdecken.

Fast alle aus dem Weiberhaufen trugen T-Shirts, natürlich in XXXL, auf denen sich – sofern ich es aus der Distanz richtig erkennen konnte – eine Abbildung des Stönkefitzchens befand, das wie im Logo der *Ghostbusters* durchgestrichen war. Auch der Haarwuchs der vielen geistig Umnachteten stand ihrer spirituellen Vorreiterin in nichts nach, und ich musste dabei zwangsläufig an Chewbacca aus *Star Wars* denken. Ich empfand fast schon so etwas wie Respekt vor dem, was die Schmerkugel – das Wortspiel mal außer Acht lassend – hier ins Rollen gebracht hatte. Sie hatte ihrer Kriegserklärung Taten folgen lassen, das musste ich ihr lassen. Ausharren war nun definitiv keine Option mehr. *Diese Speckbarbie wird mich kennenlernen!*, schwor ich mir, aber zuerst schaute ich, dass ich irgendwie einen Weg fand, unerkannt zum Hintereingang zu gelangen. Das gestaltete sich jedoch als deutlich schwieriger als ursprünglich gedacht, da ich nicht mit so einer großen Zusammenkunft sexuell unbefriedigter Frauen gerechnet hatte. Der Zufall spielte mir jedoch in die Karten, denn ich sah Wiesels Karre angefahren kommen. Ohne Rücksicht auf Verluste fuhr er durch die Reihen der Demonstrantinnen und setzte sein Auto wie üblich auf seinem Stammparkplatz ab. In dem Augenblick als Wiesel ausstieg, fiel der Mob, der bei mir Assoziationen zu alten *Frankenstein*-Filmen weckte, über ihn her und ich nutzte derweil meine Chance, das Fitzchen ungesehen zu betreten.

»Die haben unseren Wiesel!«, rief Udo, als er mich sah und setzte sich in Bewegung.

»Echt?«, ich spielte den Unwissenden. »Wir müssen ihm sofort helfen.«. Ich gab umgehend den Ton an, damit bloß keiner auf den Gedanken kam, dass ich mich schändlich und feige aus der Affäre gezogen haben könnte.

»Er hats geschafft. Hat sich tapfer durch die Fleischmassen hindurch gekämpft und kommt zu uns rein«, sagte Theo zur Entwarnung, der neben Udo am Fenster beim Haupteingang stand und unserem Kameraden die Tür aufschloss. Der Zugang öffnete sich, und Wiesel kam mit zerrissenem Shirt und zahlreichen kleineren Blessuren zu uns herein. Mir kamen Bilder einer notdürftig mit Holzbrettern verbarrikadierten Tür und einer Zombieinvasion in den Sinn. Dieser Vergleich hinkte meines Erachtens nicht sonderlich.

»Was zur Hölle war denn das bitte schön für eine verfluchte Scheiße?«, fragte er, nachdem wir den Eingang von innen abgeschlossen hatten und uns einigermaßen sicher fühlten.

»Stopp!«, verschaffte ich mir Gehör. »Theo, walte deines Amtes, mach uns auf den Schock erst mal was Scharfes. Zuallererst werden wir uns mit hartem Lack abdichten.« Die Prioritäten waren klar gesetzt. Nun war es an der Zeit, unseren Freund (oder auch Halbmann, wie wir ihn seit *Game of Thrones* nur allzu gern nannten) aufzuklären.

»Es scheint, als hätten das Fitzchen und wir einen neuen Feind«, sagte Patrick mit seiner unverkennbaren tiefen John-Wayne-Stimme und spuckte zur Krönung seiner Imitation auf den Boden, was Theo gleich mit einem bösen Blick tadelte.

»Wieso Feind? Ich dachte das wären Groupies?«, meinte Wiesel allen Ernstes und schaute uns irritiert an.

»Du Spinner! Das ist die Hess mit ihrer Gefolgschaft!«, klärte Udo unseren Kleinsten auf.

»Das habe ich aber anders wahrgenommen. Es war doch dem letzten Wochenende gar nicht so unähnlich. Ich stieg aus meinem Wagen, und auf einmal waren da überall Frauen, deren Hände ungezügelt an mir herumnestelten.« Dieser eingebildete Gockel setzte sogar noch einen drauf: »Das Aufgeben jeglicher Intimsphäre ist eben der Preis und das Los eines jeden großen Stars.«

Außer uns an den Kopf zu fassen, fiel meinen Jungs und mir dazu nichts mehr ein.

»Ist dir denn nicht aufgefallen, dass an allen Händen, die an dir herumgefummelt haben, Wurstfinger waren?« Damit brachte ich meinen Freund, der sich auf dem Gipfel seines Höhenflugs befand, ein wenig zum Grübeln.

»Ach Freunde, ihr verarscht mich doch jetzt.«

Doch unsere Blicke sowie die verschränkten Arme verrieten ihm etwas anderes.

»Junge«, begann Theo, »warum sind dann deine angeblichen Fans denn jetzt da draußen und wir hier drinnen?«

»Na, sie müssen vor mir geschützt werden!« Wiesel grinste. »Sonst steht diesem Land in neun Monaten ein Babyboom bevor.« Allmählich schien es selbst ihm zu dämmern, und nach einer weiteren Minute des Nachdenkens fragte er uns: »Warum hat mich denn keiner von euch gewarnt?«

»Habe ich getan. Schau mal auf dein Handy«, entgegnete Patrick.

Wiesel hatte, nachdem er nachgesehen hatte, seine Gewissheit und wirkte nun leicht resigniert.

»Und jetzt nimm mal endlich die gehäutete Ratte da von deiner Schulter«, forderte Udo ihn auf, und Wiesel tat wie ihm geheißen. Er beäugte das rote Objekt skeptisch und schleuderte es, mit einem Gesichtsausdruck, als hätte er auf eine Zitrone gebissen, weit von sich weg.

»Das war keine tote Ratte, das war ein vollgesogener Tampon!«, dröhnte er uns sichtlich abgestoßen entgegen. »Was sind das nur für Menschen, die mit benutzen o.b.s werfen?«

Selbst die Ernsthaftigkeit der Situation konnte nichts daran ändern, dass wir anderen aus vollem Halse lachen mussten, und selbst der Geschädigte stimmte mit in unser Grölen ein.

»Warum bist du überhaupt so spät? Beim Saufen bist du doch normalerweise immer der Erste!«, horchte Udo nach.

»Nun ja …«, stammelte Wiesel, »seitdem xHamster die neue Kategorie VR-Brille anbietet, komme ich mit meinem Zeitmanagement irgendwie nicht mehr so ganz klar. Ich fühle mich innerlich so leer, so entsetzlich leer, Freunde.«

Nachdem Theo ein randvolles Tablett mit verschiedenen Spirituosen auf die Theke geknallt hatte, war die Welt zwar noch nicht ganz in Ordnung, aber ein gutes Stück besser. Wenigstens bis zu dem Zeitpunkt, an dem Charlotte sich mittels eines Megafons an uns wandte.

»Baukowski, wir wissen, dass du da drin bist und uns hören kannst. Mein Name ist Charlotte Hess, und ich bin die Vorsitzende der Liga der radikalen Feministinnen.« So weit, so gut. Mittlerweile war es weit nach zweiundzwanzig Uhr und wir dementsprechend nicht mehr nur angeheitert.

»Verpiss dich, du Fleischtsunami!«, rief Udo, natürlich in dem sicheren Wissen, dass der Critter ihn da draußen nicht hören konnte. Die anderen taten es ihm gleich und sprachen noch derbere Flüche gegen Charlotte und ihre Gefolgschaft aus.

»Ruhe«, raunte ich in unsere illustre Runde. »Ich will wissen, was das Miststück uns zu sagen hat, beziehungsweise was es von mir verlangt.« Und das erfuhr ich umgehend durch die Flüstertüte, die unseren Lautstärkepegel sowieso übertönt hätte.

»Wir bestehen darauf, dass du dein unsittliches, intolerantes und verletzendes Verhalten am Wochenende reflektierst und eine öffentliche Entschuldigung abgibst.«

Unsere erste Reaktion war ein lautes Lachen, und das war dieses Mal nicht dem vielen Alkohol geschuldet.

»*No remorse, no regret, Bro.*« Patrick klopfte mir auf die Schulter.

»Keine Sorge, Brüder. Ich bin verdammt noch mal stolz wie Bolle auf das, was hier vergangenes Wochenende geschehen ist und vor allem darauf, was ihr alle zur Rettung des Stönkefitzchens organisiert habt. Auf eine nicht authentische Beschönigung kann der Baumschubser da draußen warten, bis sie schwarz wie'n Neger wird.« Das war mein bewusst politisch unkorrektes Statement. Ich erhob mich von meinem Barhocker und ging bereits leicht schwankend zum Eingang des Fitzchens. Nachdem ich die Tür geöffnet hatte, wurde es draußen (wie drinnen) schlagartig mucksmäuschenstill. Alle Blicke waren auf mich gerichtet und alle Anwesenden warteten nur auf meine Worte. Einige der Frauen, die nur allzu deutlich den Beweis antraten, dass der Mensch vom haarigen Affen abstammt, zückten ihre Mobiltelefone, wahrscheinlich wollten sie meine reumütige Aufnahme für die Ewigkeit festhalten.

In einer Seelenruhe hob ich meine Arme, fuhr die Mittelfinger aus und schrie der Meute entgegen: »*Fuck off!*«

Volltreffer – das hatte gesessen. Ein Raunen ging durch die Menge.

Hess führte ihr Megafon zum Mund und war offenbar so perplex, dass sie es wieder herunternahm und sich verunsichert nach links und rechts umsah. Endlich fehlten der despotischen Meinungsmacherin die Worte.

In diesem Moment stellte sich Wiesel neben mich und hielt dem unansehnlichen Feministinnen-Geschwader seinen blanken Arsch entgegen. Ein Bild für Götter und gleichzeitig ein weiterer wichtiger Schritt zur Emanzipation des Mannes. Lachend schlugen wir der miefigen Rotte wieder die Tür vor der Nase zu. Meine Jungs und ich klatschten uns nacheinander ab. Theo brachte uns eine Runde Frischgezapftes, und während wir anstießen, rief ich im euphorisierten Siegesrausch: »*Spirituosa Sancta*, meine Freunde!«, während da draußen eine Person, die wieder zu ihrer Stimme gefunden hatte, Zeter und Mordio schrie.

Hess war nun fuchsteufelswild und brüllte wutschnaubend und nach Leibeskräften.

Wir lehnten uns entspannt zurück und lauschten höchst amüsiert dem Tobsuchtsanfall, inklusive einiger übler verbaler Entgleisungen, die eindeutig weit unter die (männliche) Gürtellinie gingen.

Wiesel reichte Theo sein Mobiltelefon und bat ihn, uns beim geselligen Zusammensein im direkten Kontrast mit dem wutverzerrten Gekeife im Hintergrund zu filmen.

»Ich schätze, die kleine Pummelfee ist ein verwöhntes Einzelkind und ist es gewohnt, immer alles zu bekommen, wenn sie fordernd wird. Mit Niederlagen kann sie offenbar nicht umgehen«, gab ich von mir, nachdem die Kamerafunktion wieder abgeschaltet war.

»Dem Kuchengrab hast du ordentlich Paroli geboten und 'nen anständigen Strich durch die Rechnung gemacht«, stimmte auch Udo zu.

Wiesel ging wieder zum Fenster und nahm von der mit hochrotem Kopf tobenden Frau, die ganz offensichtlich unter einer ganz schlimmen Form von Logorrhö litt, noch weitere Aussagen auf.

»Was hast'n vor mit der ganzen Filmerei?«, wollte Patrick wissen.

»Das wirst du später noch sehen. Was das Pfundsweib kann, das kann ich schon lange.«

Auch wenn wir gern gewusst hätten, was er damit konkret meinte, kamen wir nicht zum Nachhaken, denn es sollte noch besser kommen. Plötzlich erschien die Polizei gleich mit mehreren Einsatzwagen und untersagte weiteres Geschnatter von der aufgebrachten Dampfwalze. Aber nicht nur das, es wurde sogar gleich die gesamte Versammlung aufgelöst. Ob aufgrund der nächtlichen Ruhestörung, einer Missachtung des Versammlungsgesetzes oder sonst etwas, blieb uns verborgen, was uns letztlich aber auch scheißegal war.

Wiesel hielt mit seinem Taschentelefon jedenfalls voll drauf. Auch wenn der Abend unter schlechten Vorzeichen begonnen hatte, verkehrte er sich dennoch in einen gewaltigen Sieg.

Nach ein paar Stunden trauten wir uns – mittlerweile ziemlich zugedröhnt – wieder aus dem Laden.

»Nimmst du mich mit? Ich bin zu voll zum Radeln. Kacke, ich kann ja kaum noch gehen«, gestand ich, und auf dem Weg zu Wiesels Karre blickten wir uns vorsichtig um. Irgendwie hatte jeder von uns das Gefühl, dass Charlotte Hess jeden Augenblick mit einem langen Messer aus der Dunkelheit auf uns zugerannt kam. Natürlich geschah nichts dergleichen und nicht einmal die Reifen des Pkw waren zerstochen.

Zu Hause angekommen gönnte ich mir einen Schlummertrunk, und als ich in mein Bettchen krabbelte, schrieb Wiesel noch in unsere Gruppe:

»Zieht euch mal mein Video rein. Ich poste es, jetzt da ich einen neuen Account habe, auf den üblichen Kanälen, und dann wollen wir mal sehen, wie die Reaktionen auf den Ausraster der FFF ausfallen.« Er verwies anschließend auf einen Link.

»Was heißt FFF?«, fragte Patrick.

»**F**ette **F**eministinnen-**F**otze.«

»Find ich gut. Übernehme ich in mein Alltagsrepertoire«, meldete sich nun auch Udo zu Wort.

Ich klickte auf die Verlinkung. Es begann mit einer Tonaufnahme und einem schwarzen Bild, einer wirklich gehässigen Bemerkung von Charlotte, die so gar nicht zu ihrer ansonsten so fortschrittlich liberalistischen Pseudo-Grundhaltung passten wollte. Als Nächstes sah man uns vier Jungs im Fitzchen beim Bier, und im Hintergrund hörte man das Schlachtschiff wie von der Tarantel gestochen herumzetern. Nun folgte ein verdammt hässliches Schwarz-Weiß-Bild von Charlotte, das Wiesel wahrscheinlich im Netz gefunden hatte. In weißen Lettern erschienen darauf Worte: ›Jedem meine Meinung‹ und darunter stand ihr Name. Darauf folgte ein kurzer Zusammenschnitt, wie der Versammlung von Staatsseite ein jähes sowie vorzeitiges Ende bereitet wurde. Das Video endete mit der Einblendung ›Baukowski eins, Hess null.‹ Gar nicht schlecht, was Wiesel da in kürzester Zeit zusammengeschustert hatte, musste ich mir eingestehen.

»Gute Arbeit, Kamerad«, schrieb ich und schaltete mein Telefon ab, denn ich hatte ja aus den vergangenen Tagen gelernt.

***

Wir hätten wissen müssen, dass Charlotte Hess es nicht so einfach auf sich beruhen lassen würde, denn der Ärger fing jetzt erst so richtig an. Es gab zwar durchaus Menschen, die eindeutig Partei für uns bezogen, doch bei dem Shitstorm, der auf uns herabregnete, waren es letztendlich alleinig Einzelstimmen, lediglich einige Tropfen auf den heißen Stein, die leider in der Masse untergingen. Ganz Mutige spien sogar – getarnt in der Anonymität des Internets – Morddrohungen gegen mich aus. So was scherte mich jedoch einen feuchten Dreck und würde mich nicht in die Knie zwingen. Tageszeitungen berichteten überregional von der gestrigen Demonstration und verfälschten dabei allesamt die Wahrheit, so wurde unter anderem mit keiner Silbe erwähnt, dass die Versammlung aufgelöst worden war. Unabhängig und unparteiisch war hier mal gar nichts. Die gesamte Medienlandschaft war gleichgeschaltet und bezog einseitig Position für Hess. Irgendwelche Hipster und YouTuber (O-Ton Udo: »Früher nannten wir so was arbeitsscheues Gesindel.«) gaben im World Wide Web ihre Anschauungen kund und stellten uns, respektive mich, dabei ebenfalls an den Pranger. Die Mühe, mir die schriftlichen Kommentare zu geben, machte ich mir nicht mehr und klappte meinen Laptop stattdessen zu.

»Die Welt ist verrückt geworden«, stammelte ich ungläubig in den leeren Raum und trank einen Schluck Kaffee nach nordfriesischem Rezept. Grundsätzlich gingen mir die ganzen Meinungen so ziemlich am Arsch vorbei, denn was interessiert es schon die deutsche Eiche, wenn sich eine Wildsau an ihr reibt? Dennoch betrachtete ich diese Entwicklung mit einer guten Prise Argwohn, da ich darin generell eine große Gefahr erkannte. Der eine schreit und die anderen springen blindlings und unreflektiert auf diesen Zug mit auf. *Gibt es da nicht eine geschichtliche Parallele?*, fragte ich mich, doch auch wenn dem so war, mir wollte sie jedenfalls partout nicht einfallen.

Der Klingelton meines Telefons riss mich aus meinem Gedankenspiel. Der Öffentlichkeitsdruck nahm nun zusehends zu, und Charlotte feuerte aus allen Rohren, beziehungsweise nutzte alle ihre Connections.

Selbst mein Verleger, der die Kontroverse zu Beginn sogar selbst noch abgefeiert hatte, bekam nun kalte Füße.

»Ich habe leider wenige gute Neuigkeiten, mein Freund.« Seine Stimme klang niedergeschlagen. »Aber lass mich mit was Positivem anfangen. Was definitiv gut ist: Der Verkauf deiner Bücher, auch der alten Staubfänger, hat noch mal angezogen, deutlich sogar. Aber das ist nicht der Grund meines Anrufs.«

Innerlich machte ich mich bereits auf eine Hiobsbotschaft gefasst.

»Ich bekam heute Morgen einen Anruf von einer in Berlin bekannten und ebenso berüchtigten Staatsanwältin, deren Namen ich nicht nennen möchte. Diese publicitygeile Fotze hat mir zuerst erzählt, dass sie aus dem Hess-Umfeld stammt, und dann hat sie mir detailliert dargestellt, welche Schritte sie mit rechtsstaatlichen Mitteln einleiten würde, um meinen Verlag so lange mit Klagen zu überziehen, bis ich gezwungen bin, Insolvenz anzumelden. Aber als Erstes würde sie dafür Sorge tragen, dass deine Bücher, oder widerlicher Schund, wie sie es nannte, peu à peu vom Markt genommen werden.«

»Jetzt rück schon raus mit der Sprache. Was konkret willst du von mir?« Aber ich kannte die Antwort bereits, aussprechen musste er sie nicht.

Mein Verleger war ungewohnt verhalten und druckste herum. »Na ja, um ehrlich zu sein, habe ich ihren Worten Glauben geschenkt.« Seine Stimme klang aufrichtig, und letzten Endes war auch er nur ein weiteres Opfer.

»Du hast entschlossen, dich dem Druck zu beugen und mir zu kündigen, damit du deinen eigenen kleinen

Arsch retten kannst?« Ich sprach aus, worauf es wohl hinauslaufen würde, da er selbst offenbar zu feige war, das Kind beim Namen zu nennen.

In der Leitung herrschte Totenstille. Auch wenn ich durch diese unerhörte Ungerechtigkeit wütend wurde und kurz davorstand, ihm sarkastisch für seine Loyalität zu danken, behielt mein Verstand die Oberhand. In der Tat gab es in meinen Verträgen eine Klausel, auf die er sich meines Wissens nach rechtlich beziehen konnte. Also schlug ich wenigstens Kapital aus der Situation. »Mach mir einen guten Preis für die Rechte an meinem gesamten Buchkatalog, und du bist sauber aus der Nummer raus.« Damit legte ich auf. »Rückgratloses Geschmeiß!« Das galt meinem Verleger. Ich ließ meine Faust auf den Tisch sausen. Die Freude daran, dass ich momentan gut verkaufte, war nun stark gedämpft. Es waren zwar keine wirklichen existenziellen Ängste, aber es blieb für mich ein fader Beigeschmack, dass meine Antagonistin die Macht darüber besaß, mir mindestens finanziell schaden zu können. Aber es sollte noch mehr Scheiße auf mich herabregnen. Der nächste Anruf war schon ein anderes Kaliber und ging mir weitaus mehr an die Substanz.

»Hey, Baukowski. Ich habe ganz schlechte Neuigkeiten.« Es war Theo und er war eher nicht der Typ, der einen Hang zum Drama besaß.

»Schieß schon los.«

»Ich war eben bei meinem Vermieter. Du weißt schon, ich wollte meine Schulden begleichen. Seit dem Wochenende ist es dank euch ja überhaupt kein Problem mehr. Na ja, auf jeden Fall fing er an rumzudrucksen, wollte nicht so recht raus mit der Sprache.«

»Jaja, da kenne ich noch welche …«, warf ich ein und meinte ihn ebenso wie meinen Verleger.

Theo kam nun endlich zum Punkt. »Er wollte mein Geld nicht annehmen und meinte, dass er mir den Vertrag fristlos zum Ende des Monats kündigt.« Das war definitiv ein herber Schlag, vor allem so kurz vor dem Ziel.

»Ist das rechtens?«, hakte ich nach.

»Keine Ahnung, ich bin darin jetzt nicht sonderlich versiert. Er ist auf jeden Fall fest davon überzeugt, dass es so ist und begründet es damit, dass die Miete so lange ausgeblieben ist.«

Auf einmal beschlich mich ein seltsames Gefühl, so, als ob da noch mehr dahinterstecken könnte. »Es hat nicht zufällig mit dem Fettmonsun zu tun, oder?«, horchte ich gezielt nach.

»Doch, hat es tatsächlich«, bestätigte Theo meine Vermutung. »Mein Vermieter hat mich noch zur Tür begleitet und sagte mir dann hinter vorgehaltener Hand, dass seine Gattin eine glühende Anhängerin von Hess sei. Es täte ihm wirklich sehr leid, aber er wäre nun mal ein Harmoniemensch und möchte den häuslichen Frieden um jeden Preis wahren.«

Ich knirschte mit den Zähnen. Unsere Hasenschartenfresse machte mich so langsam wirklich sauer. Die gesamten Ausmaße, die diese verbale Auseinandersetzung mittlerweile angenommen hatte, so musste ich mir bitter eingestehen, hatte ich bei Weitem unterschätzt.

»Sei um achtzehn Uhr bei mir.«

»Und was ist mit meinem Laden?«

»Das ist heute keine Option, oder kannst du mit Sicherheit sagen, dass die Verrückten heute nicht wieder bei dir auflaufen werden? Besorge dir jemanden, der dich hinter der Theke vertritt und sei dann bei mir.«

Patrick und Wiesel waren problemlos zu mobilisieren, nachdem ich beide ins Bild gesetzt hatte. Bei Udo gestaltete sich die Situation allerdings ein wenig komplizierter. Es dauerte ein Weilchen, bis ich ihn überhaupt ans Telefon bekam.

»Ich bin momentan im Hospiz bei meiner Schwester. Sie liegt nun in den letzten Zügen. Laut dem Personal sowie meiner eigenen Einschätzung nach wird sie diese Nacht nicht überleben. Auch wenn sie jetzt nur noch vor sich hindämmert, sie hat sich gewünscht, jedenfalls als sie noch sprechen konnte, dass sie im Kreise ihrer Familie verstirbt.« Das war harter Tobak, und ich wusste um das innige Verhältnis der Geschwister.

»Kein Problem, Bro. Wir telefonieren morgen. Wenn wir dir irgendwie helfen oder was für dich tun können, sag nur Bescheid.«

»Danke. Das weiß ich zu schätzen, mein Freund.« Als ich das Gespräch beenden wollte, fragte er noch: »Aber was war der eigentliche Grund für deinen Anruf?«

»Ach, unwichtig, vergiss es einfach.«

Doch Udo ließ nicht locker und schlussendlich erzählte ich es ihm, in der Erkenntnis, dass unser Problem in Wirklichkeit vollkommen belanglos war.

»Also gehts um das Stönkefitzchen?«

Ich bejahte, verlangte aber im gleichen Atemzug von ihm, dass er vor Ort verweilen sollte. »Ach scheiß drauf, ich bin dabei! Meine Schwester ist eh nur noch am Schlafen. Sie wird es gar nicht bemerken, dass ich nicht mehr anwesend bin.« Das waren Udos letzte Worte und er ließ sich nicht mehr davon abbringen.

Kapitel 9

»Die emanzipierte Frau ist genauso dumm wie die anderen, aber sie möchte nicht für so dumm gehalten werden.«
Esther Vilar

»*Alright*, fassen wir mal zusammen. Was wissen wir über das Topmoppel Charlotte?«, fragte ich in die vollständige Runde, die aus gegebenem Anlass in meinen vier Wänden stattfand.

»Hm, potthässlich, überproportioniert, Kampflesbe, behaart wie Alf, relativ gebildet, definitiv eloquent, kann offenbar Menschen motivieren und hat einen gewaltigen Hass auf uns, beziehungsweise in erster Linie auf dich«, beantwortete Udo meine Frage recht treffend.

Theo warf daraufhin ein: »Ob sie lesbisch ist, wissen wir nicht.«

»Ja klar, die hat 'ne Lecklizenz. Das ist so sicher wie das Amen in der Scheißkirche«, war Wiesels Ansicht.

»Die ist hundertpro von der anderen Fakultät«, war sich auch Patrick sicher.

»Das ist keine Glaubensfrage. Wir brauchen Fakten. Wiesel, durchforste das Netz«, wies ich unseren Kurzen an, und nach wenigen Minuten wurde er bereits fündig.

»Da lecken Sie mich im Arsch!«, begann er mit einem seiner typischen Sätze. »Theo, du hattest zu fünfzig Prozent recht, du Sack. Hier in einem Interview kam genau diese Frage auf, und das hier ist ihre Antwort: ›Das werde ich tatsächlich immer wieder gefragt. Wahrscheinlich passt das einfach in das kurzsichtige Weltbild vieler Menschen. Eine selbstbewusste Frau mit Kurzhaarfrisur, die offen eine progressive Weltanschauung vertritt, ist vielen Männern ein Dorn im Auge, weil sie sie insgeheim ängstigt. Aber um auf Ihre Frage zurückzukommen, ich lebe mich geschlechterunabhängig aus.‹«

»Habe ich da richtig gehört? Sie hält sich selbst für eine *kurzhaarige* Frau?«, wunderte sich Patrick, und wir alle konnten uns ein Grinsen nicht verkneifen.

»Ja, dann ist die Sache doch glasklar, und der Fall ist so gut wie geritzt«, haute Wiesel in Runde und verharrte dann in Schweigen.

»Was soll klar sein?«, hinterfragte Udo und Wiesel schaute uns an, als hätten wir – und nicht er – gewaltig einen am Helm.

»Tja, Baukowski, du wirst den Berg wohl besteigen müssen.«

»Scheiße zum Quadrat. Ich soll was?«, platzte es aus mir heraus.

»Du, mein lieber Freund, wirst die Furche von Charlotte Hess beackern.«

Manchmal hasste ich meinen kleinen Kameraden. Ich musste über diesen wirklich absurden Vorschlag lachen. »Die Illusion kann ich dir getrost nehmen. Das ist mir physisch einfach nicht gegeben. Mein Schwanz wird jegliche Blutzufuhr automatisch unterbinden.«

»Ach komm, Bauko, also ich kann mich da bei dir an ein paar sexuelle Ausrutscher erinnern«, fiel nun auch Udo mir in den Rücken.

»Was soll das denn jetzt heißen? Ja klar, im Vollrausch waren einige Hühner dabei, die vielleicht nicht unbedingt dem Schönheitsideal entsprochen haben, aber das bedeutet ja deshalb nicht, dass ich dem verdammten Big Foot 'nen verdammten Gnadenfick verpassen kann.«

Es wurde ja immer besser. Jetzt fing auch noch Patrick an. »Dann besauf dich vorher. Das solltest du wohl hinbekommen«, sagte er mit einem dämlichen Gesichtsausdruck.

Zu guter Letzt gab auch noch Theo seinen Senf dazu. »Dude, es geht um die Zukunft des Fitzchens. Wir sind kurz davor, endlich ein weiteres Bestehen zu gewährleisten.«

Meinten meine Freunde das wirklich ernst? Was sie da von mir verlangten, war schon ein starkes Stück.

»Selbst wenn ich mich dazu bereit erklären würde und die gesamte Palette an Potenzmittel im Sack hätte, wieso meint ihr, dass sie sich erstens mit mir treffen und zweitens, dass sie mich ranlassen würde?«

»Weil du *fucking* Baukowski bist! Die Bitches liegen dir nun mal zu Füßen. Deine schnoddrige Assi-Art macht sie alle feucht und willig«, sprach Udo, als wäre es das Selbstverständlichste der Welt.

Patrick führte weiter aus. »Mit Speck fängt man Mäuse. Lade Charlotte zum All-you-can-eat-Buffet ein, da kann sie einfach nicht widerstehen.«

Ich schüttelte den Kopf. Der Plan stand nicht mal auf wackligen Füßen, er stand überhaupt nicht. »Mal rein hypothetisch, die Tonne würde tatsächlich der Einladung zum vermeintlichen Friedensgespräch auf neutralem Boden folgen und sie lässt sich sogar noch ihre Speckmassen in Wallung bringen. Was zur Hölle geschieht dann? Wie zum Teufel soll uns diese Scheiße auch nur ansatzweise weiterhelfen? Der öffentliche

Druck wird dadurch nicht mal ’nen Hauch nachlassen, und dann wird Theos Vermieter dementsprechend auch kein Geld zur Schuldentilgung annehmen.« Mir war Wiesels verquere Logik nach wie vor nicht klar, aber das war jetzt auch nicht das erste Mal. »Ihr glaubt doch nicht allen Ernstes, dass unsere Pummelfee sich auf einmal in mich verliebt und ihre Meinung um 180 Grad ändert?«

»Natürlich nicht!«, war auch Wiesels Betrachtungsweise. »Aber wir werden das Rendezvous konspirativ filmen und anschließend im Netz veröffentlichen. Es wird den Anschein vermitteln, dass ihr euch im wahren Leben bestens versteht oder sogar noch mehr. Damit untergraben wir Charlottes öffentliches Standing.«

Das alles war moralisch so was von dermaßen daneben, dass ich voller Überzeugung nur eins dazu sagen konnte: »Ich bin dabei!«

Wiesels Mundwinkel zogen sich nach oben. »Warum hast du das denn nicht gleich gesagt?«

»Damit werden wir Charlottes Ansehen so nachhaltig schaden, dass sie für immer verbrannt ist und ihre Worte kein Gehör mehr finden. Das ist in etwa das, was die Amis in ihrer Wahlkampftaktik perfektioniert haben«, setzte Udo noch mal zur Erklärung an.

»Jaja, das leuchtet mir schon ein, aber warum soll ich den Moppel dann noch wegflanken?«

Die vier hatten den Schalk im Nacken.

»Wir wollten nur wissen, ob du so ein Schwergewicht wie Charlotte Hess tatsächlich orgeln würdest. *Damn it!* Damit habe ich die Wette wohl verloren«, scherzte Patrick.

»Wir wollten nur mal deine Loyalität gegenüber uns und des Stönkefitzchens auf den Prüfstand stellen«, grinste Theo und ich war überglücklich, nur eine Verabredung über mich ergehen lassen zu müssen, sodass ich einfach nicht wütend auf meine Freunde sein konnte. Solange ich keinen Körperkontakt ableisten müsste, sollte es wohl halb so wild werden.

Wurde es natürlich ganz und gar nicht, aber eins nach dem anderen.

***

Der Kontakt zu Charlotte war im digitalen Zeitalter schnell hergestellt, und nach einem Telefonat, erklärte sie sich tatsächlich bereit, sich sogar noch am gleichen Abend auf ein Treffen mit mir einzulassen. Natürlich gab sie sich mit dem Fitzchen nicht zufrieden und ließ mich stattdessen in so einer Over-the-Top-Hipsterbar antanzen.

Wiesel befand sich derweil in nicht weiter Ferne und hielt seine Kamerafunktion einsatzbereit. Da ich überpünktlich war, wählte ich einen Fensterplatz, damit Wiesel seine bewegten Bilder nach draußen erhalten konnte. Die Sitzplätze hatten schon was, denn hier saß man auf alten Bierfässern. Auch wenn das zugegebenermaßen Stil hatte, blieb das auch das einzige positive Alleinstellungsmerkmal. Ich ließ meinen Blick durch das sparsam beleuchtete Lokal wandern. Es waren auffällig viele Männer hier drinnen, alle hatten denselben Look: Undercut-Haarschnitt, Bartträger und Modetattoo. Okay, auch ich hatte Gesichtsbehaarung, aber ihre Trend-Bärte waren irgendwie Piccolo und meiner dagegen Dosenbier.

Ich studierte die Cocktailkarte. Man sollte meinen, dass ich in puncto Drinks ein verdammter Fachmann war und die Karte in- und auswendig kennen sollte, doch der Laden setzte auf pseudocoole Alternativnamen.

Der Kellner, der übrigens ebenso aussah wie seine Gäste, sah mich über der Getränkeliste brüten und bot freundlicherweise seine Hilfe an.

»Na gut, wie nennt ihr denn hier einen *Baukowski-Cumshot*?«, fragte ich im Scherz und erfuhr so, dass die Bar dann doch nicht so ganz am Puls der Zeit war.

»Sind Sie eher ein Bier- oder Weintrinker?«, wollte die Servierkraft von mir wissen.

Ich bat ihn, etwas näherzukommen und hauchte ihn an. »Was meinst du? Wollen wir doch mal sehen, wie gut du wirklich bist.«

Seine professionelle Antwort überraschte mich und zeugte von einer wirklich ausgezeichneten Nase. »Definitiv Spirituosentrinker, aber Hopfen und Malz auch nicht abgeneigt. Außerdem sind Sie Raucher und ich komme nicht drum herum, wahrzunehmen, dass Sie eine Mahlzeit mit Knoblauch eingenommen haben.«

Ich bestellte einen Whiskey, nein, keinen einfachen oder doppelten, sondern gleich eine ganze Flasche.

»So lernen wir uns also kennen, Baukowski.« Da stand sie auf einmal vor mir, meine Nemesis und gleichzeitig der Albtraum eines jeden ästhetisch denkenden Menschen.

Unsere Blicke trafen sich und wir beide sahen aus wie ›Mundhaarmonika‹ aus *Spiel mir das Lied vom Tod.* Ich gab mir nicht mal die Mühe, den Gentleman zu markieren, aufzustehen und ihre Hand zu schütteln.

Mit einer Sache hatte ich recht behalten: Sie roch nach altem Schweiß – und zwar ganz gewaltig.

Wortlos nahm sie Platz. Die Bedienung, abermals der mit dem hervorragenden Riechkolben, nahm routiniert ihre Bestellung auf und ließ sich durch den abschreckenden Gestank nicht irritieren.

»Reden wir nicht lange um den heißen Brei herum. Du kannst mich nicht leiden, und ich kann dich nicht leiden, daran wird auch dieses Treffen nichts ändern. Du kennst meine Forderung. Wenn du ein Statement abgibst und in der Öffentlichkeit Reue zeigst, rufe ich meine Hunde zurück und jeder macht sein eigenes Ding.« Diese Frau ließ offenbar nichts anbrennen und kam umgehend zur Sache. Durchaus eine Eigenschaft, die ich an Menschen schätzte, aber an ihr hasste.

»Du weißt genauso gut wie ich, dass es nichts gibt, wofür es sich zu entschuldigen lohnt«, erwiderte ich, während ich mir einen Iren einschenkte. »Wenn es nach dir geht, soll ich also öffentlich Buße tun. Dann wäre ich jedoch ein gebrochener Mann und ganz nebenbei übrigens finanziell ruiniert, denn das wäre Hochverrat gegenüber meinen Lesern, die mir das hoffentlich niemals verzeihen würden.«

Charlotte bedeutete mir mit einer Geste, dass ich fortfahren sollte. Ihre Arroganz war mir zutiefst zuwider.

»Die Alternative ist, dass ich standhaft bleibe, aber das Fitzchen sowie meinen Verlag verliere, richtig?«

Mit einem siegessicheren Lächeln sah mich Charlotte an. »Kluges Kerlchen, aber du kannst mir glauben, ich habe noch nicht mal ansatzweise losgelegt.« Die unterschwellige Drohung hielt ich für keinen Bluff. Es war an der Zeit zu intervenieren.

Charlotte erhielt ihren Drink, ein hellgrüner Cocktail mit verschiedenen Früchten garniert mit einem kleinen Schirmchen.

»Stoßen wir darauf an, dass wir das Richtige tun«, sprach ich einen Toast aus, und das Cocktail- und das Whiskeyglas klirrten, als wir sie gegeneinanderstießen.

Mein Handy vibrierte und Wiesel schickte eine Benachrichtigung: *»Done.«* Dann schickte er ein Foto, das uns beide beim Anstoßen im Kerzenschein zeigte. Es wirkte schon ziemlich *daty*. Das Bild hatte meines Erachtens das Potenzial, ihre Karriere, oder wie man es auch immer nennen will, auf einen Schlag zu zerstören.

»Fantastisch«, lobte ich ihn kurz angebunden und er erwiderte daraufhin: *»Ich sehe schon förmlich die morgige Schlagzeile vor mir: ›Charlotte Hess und Baukowski ein Liebespaar.‹«*

Mir fiel ein Stein vom Herzen. Mit diesem Ass im Ärmel konnte ich nun endlich offensiver an diesen laufenden Kubikmeter rangehen.

»Und? Für welchen Weg entscheidest du dich?« Geduld zählte wohl nicht zu ihren großen Stärken.

In aller Seelenruhe schenkte ich mir nach und ließ mir das irische Gold schmecken. Erst dann bekam Charlotte ihre Antwort. »Du kannst deine Leute weiter zur Stönkefitzchen-Kristallnacht aufhetzen.«

Augenblicklich erstarb ihr gespieltes Lächeln. Sie sah so aus, als würden ihr jeden Moment die Augen aus dem aufgedunsenen Gesicht fallen. »So blöd kannst doch nicht mal du sein!« In ihren funkelnden Augen stand pure Verachtung geschrieben.

»Das heißt, sofern dir überhaupt noch jemand deinen Aufrufen zu Pogromen folgen wird …«, erwähnte ich möglichst beiläufig und drehte mit meiner rechten Hand mein Whiskeyglas hin und her, damit ich fast ein wenig gelangweilt rüberkam.

»Was soll das jetzt schon wieder heißen?«

Ich nahm mein Handy und zeigte ihr das Bild, das Wiesel eben erhaschen konnte. »Tja, jetzt steht es wohl zwei zu null für Baukowski.« Diesen Satz ließ ich bewusst ein wenig nachwirken. »Wenn du nicht willst, dass dir morgen eine Affäre mit mir angedichtet wird und es im Netz die Runde macht, wirst du dafür Sorge tragen, dass unser Fitzchen fest in Theos Händen bleibt. Außerdem will ich nie wieder was von dir hören müssen, und schon gar nicht will ich dich abartige Pummelfee jemals wiedersehen. Du bist eine Beleidigung für das menschliche Auge.« Wow, das war wirklich befreiend, musste ich mir eingestehen. Der finale Schlag gegen die Presswurst war ausgeteilt, doch ihre Reaktion ließ mich eine Gänsehaut bekommen.

Charlotte lachte und zwar nicht gekünstelt, sondern eher so, als hätte sie soeben den weltbesten Witz gehört. Tränen traten ihr in die Augen und liefen ihre rosigen prallen Wangen herunter.

Ich war verunsichert. Was hatte sie so sehr erheitert? Mein Telefon meldete sich erneut, Wiesel schickte ein

Bild, auf dem sich Charlotte prächtig zu amüsieren schien und schrieb: »Weiter so! Noch heute Nacht erscheint die neueste *Bravo*-Fotolovestory.« Er sendete noch drei Smiley-Emojis hinterher.

Nach einigen Minuten war das wandelnde Gebirge so weit, dass es wieder sprechen konnte. »Du hältst mich also tatsächlich für so blöde, dass ich in diese billige Falle tappe?«

Meine Antwort darauf fiel knapp und ehrlich zugleich aus. »Ja klar!«

»Du bist ja noch dämlicher als ich dachte. Natürlich habe ich noch ehe ich hierhin gekommen bin, meinen Followern gepostet, dass wir beide uns hier treffen und du mir ein Friedensangebot unterbreiten wirst.«

Verdammte Scheiße! Damit war unser Plan hinfällig. Wiesel mit seinen hirnrissigen Ideen! Die ganze Chose hätten wir uns schenken können. Mich beschlich so ein Gefühl, als hätte ich gerade wertvolle Lebenszeit mit der vielleicht unsympathischsten Person auf dem gesamten Planeten verschwendet. Ich war nicht nur wütend, ich war stinksauer. Wie gern wäre ich jetzt über den Tisch gesprungen und hätte meine Fäuste in ihrer fetten Visage vergraben. *Aber warum eigentlich nicht? Was habe ich jetzt noch groß zu verlieren?*, fragte ich mich. Ich schaute mir die bernsteinfarbene Flasche vor mir an. *Wenn ich jetzt im Affekt handle, bin ich schon in ein paar Jahren wieder draußen*, legitimierte ich mir meine kommende Handlung und gab meinen abrupt auftretenden Emotionen und niederen Instinkten nach. Ich packte die Spirituose am Hals und schlug sie schwungvoll gegen die Tischkante, sodass der abgebrochene Flaschenhals in meiner Hand zurückblieb.

Charlotte bekam Panik. Sie stieß sich für ihre Verhältnisse fast schon grazil vom Tisch ab und flüchtete Richtung Ausgang. Einem Raubtier gleich stürzte ich mich auf mein schwer übergewichtiges Opfer und wir beide gingen inmitten der modernen Lokalität zu Boden.

Ich ignorierte all die entsetzten Gesichter der Gäste, von denen niemand die Größe hatte, Zivilcourage zu zeigen, um dem Landwal zu Hilfe zu eilen und diesen Wahnsinn zu stoppen. Stattdessen suchten sie schreiend das Weite.

Charlotte versuchte vergeblich, wieder auf die Beine zu kommen, doch durch ihr enormes Gewicht war sie benachteiligt und durch ihre Trägheit verlangsamt.

Ich setzte mich auf ihren weichen Bauch und ihre fleischigen Brüste. Mit meiner scharfen Waffe stach ich ihr wieder und wieder in ihren Hals. In Filmen sieht ein Kehlenschnitt so simpel aus, doch die Realität war eine gänzlich andere. Es dauerte bestimmt eine geschlagene Minute, bis ich mich trotz der kraftvollen Hiebe durch das Fettgewebe gearbeitet und ihre Hauptschlagader zerfetzt hatte. Mit voller Wucht schoss das Blut stoßweise aus der tödlichen Wunde und besudelte mich. Mit einem Lächeln auf den Lippen wischte ich mir den warmen roten Lebenssaft aus dem Gesicht. Während ich zusah, wie ihre Augen eintrübten, merkte ich, dass ich einen gewaltigen Ständer in der Hose hatte.

»Baukowski, bist du etwa eingeschlafen?« Die penetrante Frau holte mich in die ungerechte Wirklichkeit zurück.

Ich löste meinen Blick von der Whiskeyflasche, deren Hals ich angespannt umklammert hielt.

»Du willst also wirklich dabeibleiben?«

Mein Nicken musste als Antwort ausreichen. Ich beschloss, sie ein wenig aus der Reserve zu locken, schließlich hatte sie die Niederlage vor Theos Laden auch zur Weißglut gebracht. »Woher stammt eigentlich dein Hass gegenüber Männern? Hat dein Daddy dich etwa nicht genug geliebt, oder hat er dich vielleicht ein wenig zu gerngehabt?« Zugegeben, das war recht geschmacklos und brachte auch nicht annähernd den gewünschten Erfolg.

Mein Gegenüber hatte die heutige Schlacht gewonnen, und das wusste sie auch nur zu gut. »Wer sagt denn, dass ich Männer im Allgemeinen verabscheue? Ein Mann? Das sind doch letztlich nur ein paar Zentimeter Fleisch mehr.«

Letzteres kam mir bekannt vor, stammte das nicht von Kate Millett oder so? Das wäre ja nicht wirklich eine Überraschung, dass die Hess durch diese Schule gegangen war. Ich beschloss, diese Narretei hier zu beenden, denn es führte offensichtlich zu nichts mehr, aber nicht ohne ihr verständlich zu machen, dass ich mich noch lange nicht geschlagen gab, und dass die Spiele jetzt erst so richtig begannen. »Fickst du mich in den Arsch, hast du Scheiße am Schwanz!« Auch ich war ein Meister der Zitate und führte eins aus einem neuseeländischen Indiefilm ins Feld, doch das rang Charlotte nur ein müdes Lächeln ab.

»Baukowski?«, rief sie mir hinterher. »Du weißt wie es nun zwischen uns steht.«

Und ich hasste diese aufgeblasene Milchkuh dafür. Ehe ich diese hippe Drecksbar mitsamt der Whiskeyflasche verließ, gab ich dem Kellner noch die Information, dass die dicke Seekuh für meine Rechnung aufkommen würde.

Auf der Rückfahrt mit Wiesel sprachen wir, nachdem ich in ins Bild gesetzt hatte, nur recht wenig. Die Bruchlandung und die momentane Hilflosigkeit saßen zu tief.

Zu Hause angekommen, brütete ich über unser weiteres Vorgehen, und mitten in der Nacht hatte ich einen Plan geschmiedet. Ich hatte Charlotte Hess analysiert, und dazu musste ich mich in das wirre Gedankenkonstrukt dieser fehlgeleiteten Pseudoweiblichkeit hineinversetzen. Um so scheiße zu sein wie sie, musste ich selbst zu Scheiße werden. Nun musste ich meine Jungs involvieren, doch die befanden sich mit großer Wahrscheinlichkeit bereits im Tiefschlaf. Also schloss auch ich die Augen und hatte einen äußerst seltsamen Traum.

Kapitel 10

»Schlafen ist Verdauen der Sinneseindrücke.
Träume sind Exkremente.«
Friedrich von Hardenberg

Schon mehrere Minuten stand ich vor dem Pott und wartete ungeduldig darauf, dass Urin nachtropfte. Das war mittlerweile so etwas wie ein leider notwendiges Ritual, da meine Prostata so stark vergrößert war, dass sie auf meine Harnröhre drückte. Mein Pissstrahl war inzwischen nur noch ein armseliges Rinnsal. Älter zu werden war definitiv scheiße, aber gar nicht erst alt zu werden, war wahrscheinlich die schlechtere Option, und doch gab es Tage, an denen ich diesen Glaubenssatz anzweifelte.

Ich spülte meinen Mund, gurgelte, spuckte aus und nahm mir meine Zahnprothesen. Das Bild im Spiegel war kein gern gesehener Begleiter mehr. Die Querfalten auf der Stirn waren mittlerweile tiefe Furchen, und überhaupt würde ich mein Gesicht inzwischen mit dem Attribut *verwittert* versehen. Im direkten Gegensatz zu meinem Schwanz, war meine Nase nun größer, da mein Bindegewebe auch nicht mehr das war, was es einmal mal war. Immerhin wachte ich immer noch mit einem Steifen auf, nur leider war es derweil der Nacken. Zumindest waren meine geistigen Fähigkeiten nicht eingerostet. Noch nicht. Es klopfte an die Tür meines kleinen spartanisch eingerichteten Zimmers.

»Baukowski«, rief eine Schwester aufgebracht. »Kannst du bitte mitkommen? Dein Freund hat wieder seine fünf Minuten.«

Ich folgte ihr und wusste bereits, dass es sich einmal mehr um Udo handelte. Sein Kurzzeitgedächtnis war mittlerweile ziemlich im Arsch und das führte immer wieder zu Problemen in diesem Altenheim. Da er nur drei Türen entfernt wohnte, hörte ich ihn bereits krakeelen, und dann sah ich ihn in seinem Pflegebett liegen. War er laut Franz von Assisi vor Jahren noch ein perfekter Wein, war er jetzt nur noch Essig.

»Ihr habt mir gar nichts zu sagen! Ich reiße mir diese verdammte Scheiße hier jetzt raus!« Als er mich sah, wurde er automatisch ruhiger.

»Udo, du Schwerenöter, was soll denn das Geschrei? Du schreckst hier alle auf.« Ich begrüßte zunächst meinen Kameraden, mit dem ich bereits seit Jugendjahren verbunden war.

»Baukowski! Gut, dass du hier bist.« Er wirkte sehr aufgebracht. Sein Langzeitgedächtnis funktionierte noch recht gut, und so erkannte er immerhin seine alten Freunde problemlos.

Ich bat die beiden Angestellten den Raum zu verlassen.

»Schau dir nur mal meine Spitzmorchel an. Da steckt ein verdammter Schlauch drin!« Udo war entsetzt und empört zu gleich. Der Anblick der alten labbrigen Wurst mit dem Plastikschlauch über dem einen überdimensional großen Ei war nicht wirklich ein Anblick, den ich frühmorgens schätzte, und ich wunderte mich doch sehr, dass ich auf einmal Hunger auf Nürnberger Würstchen bekam.

»Ach Udo, das ist doch dein Katheter. Du hast in deinen Berufsjahren doch selbst in der Pflege gearbeitet und weißt doch, was das ist, oder?« Meine Stimme klang beruhigend und nahm ihm ein Stück seiner Unruhe.

»Schwing hier keine großen Reden, Schlauberger. Wie soll ich denn mit dem Kunststoff im Leckstängel ein anständiges Rohr verlegen?«

Er brachte mich immer noch herzhaft zum Lachen, auch wenn er morgens nicht selten ein echtes Arschloch sein konnte.

»Mein alter Junge, sieh uns doch nur mal an. Unsere goldenen Jahre sind vorbei. Wir knattern keine Bräute mehr. Verdammt noch mal, ich habe vorhin über fünf geschlagene Minuten gebraucht, nur um ein paar Tröpfchen zu pinkeln, und wahrscheinlich sollte ich froh sein, dass der einst berühmt-berüchtigte Beckenmörser überhaupt noch zu etwas zu gebrauchen ist.« Jetzt musste auch Udo lachen und ich wusste, dass ich die Situation entschärft hatte. Eine der beiden Pflegekräfte schloss nun die Tür, durch dessen Spalt sie gelinst hatten. »Du hast recht. Ich habe für dieses Leben genug Pussymuff eingeatmet. Was steht heute an? Treffen wir uns im Fitzchen?«

So ähnlich, dachte ich bei mir und es schwang ein wenig Wehmut mit. »Du lässt dir jetzt von einem der jungen Dinger die Klabusterbeeren von der Kimme entfernen und wenn du wieder frisch bist, treffen wir uns beim Frühstück im Tagesraum.«

Die Nachfrage, welche jungen Dinger ich meinte, beantwortete ich nicht mehr, sondern verließ kopfschüttelnd das Zimmer.

Im Aufenthaltsraum angekommen setzte ich mich, nachdem ich ein »Guten Morgen« in die kleine Runde gegrummelt hatte, auf meinen Stammplatz und nein, es war kein Barhocker. Theo war auch schon auf den Beinen, obwohl, das stimmte nicht so ganz, denn schließlich saß er nun im Rollstuhl, wie Udo übrigens auch.

»Wie immer?«, fragte er mich und erhielt von einer Angestellten eine Tasse Kaffee, die er mir servierte. Nachdem er sie abgestellt hatte, war mehr als die Hälfte verschüttet. Die Demenz war bei ihm deutlich weiter fortgeschritten als bei unserem Katheterträger, und er lebte in seiner ganz eigenen Welt. Er war der festen Ansicht, dass dieser Laden das Stönkefitzchen sei – und er weiterhin der Wirt. Wir ließen den bärtigen Stinker in seinem Glauben.

»Hör mal, Bauko. Es ist mir ja etwas unangenehm, aber du hast hier noch einige Deckel offen. Wann gedenkt der Herr denn zu zahlen?«, erkundigte er sich bei mir und ich musste innerlich schmunzeln. Nach wie vor war er der alte Geizkragen, der er immer schon gewesen war. Manche Dinge ändern sich eben nie.

»Morgen löhne ich, versprochen. Großes Indianerehrenwort. Heute flattern noch mal einige Tantiemen ins Haus, und dann bin ich flüssig.«

Damit gab er sich zufrieden und kümmerte sich um seine anderen (vermeintlichen) Gäste.

»Einen wunderschönen guten Morgen, allerseits.« Wiesel kam gut gelaunt in den Kollektivraum. Der glatzköpfige kleine Kerl mit seiner gebückten Haltung am Gehstock kam im Schneckentempo an meinen Tisch und setzte sich neben mich. »Bauko, alter Knacker, rate mal, wen ich die Nacht weggeflext habe?«

»Patrick?«, fragte ich halbherzig.

»Bullshit!« Dann flüsterte er verschwörerisch. »Numero hundertvier.«

Mir wollte partout nicht einfallen, wer denn in diesem Zimmer wohnte.

»Stephanie«, half er mir auf die Sprünge, und er grinste mich mit seinen zwei verbliebenen Schneidezähnen an.

Nach kurzem Grübeln fiel mir wieder ein, wer die Dame war. Ein ganz spindeldürres Weib, etwa Anfang achtzig mit langen schneeweißen Haaren. Sie hatte mich eines nachts auf dem Flur mal fast zu Tode erschreckt, und irgendwie erinnerte sie mich an die ausgemergelte Variante der Frau aus der Verfilmung von Kubricks *Shining*, die in Zimmer 217 ihr Unwesen trieb. Im Übrigen ein gruseliger Gedanke, dass mein sexuell desorientierter Freund Gefallen an ihr fand. Überraschend war es allerdings nicht wirklich.

»Ihre linke Brust ist der absolute Oberhammer!«, schwärmte mein kleiner Freund, der durch seine nach vorn gebeugte Haltung um weitere zwanzig Zentimeter geschrumpft schien.

»Warum nur die linke? Was ist mit der anderen?«, wollte ich wissen.

»Na ja, die hängt ziemlich. Ist ehrlich gesagt ein ziemlicher Schlauch.«

Ich konnte ihm nicht folgen und Wiesel sorgte für Erleuchtung.

»Sie hat gemachte Titten, aber bei der rechten gab es wohl irgendwann Probleme mit dem Implantat, und es musste entfernt werden.«

»Okay, immerhin fifty-fifty.« Mehr fiel mir dazu auch nicht ein.

»Wiesel? 'n Bier?«, fragte Theo aus der offenen Küche, und Wiesel hob seine Hand und zeigte ihm den Daumen nach oben. Allerdings erhielt er nur ein halb volles Glas mit Apfelschorle, da wir für alkoholhaltige Getränke in die eigene Tasche greifen mussten.

»Aber da ist noch was, was ich dir erzählen muss.« Seinen speziellen Blick hatte ihm das Alter nicht nehmen können, und ich wusste, dass ich das nun Folgende gar nicht hören wollte.

»Steffi verfügt über eine gewisse Spezialfähigkeit.«

»Potztausend, ich kann immer noch nicht kacken.« Selten war ich so froh, Patrick zu sehen. Er kam von der Toilette, die sich ganz bewusst in der Nähe des Aufenthaltsraumes befand und gesellte sich zu uns. »Theo, ich habe Durst!«, rief er unserem Kneipier zu und im selben Atemzug meinte Patrick zu der Hauswirtschaftskraft: »Aber mit reichlich Movicol.« Patrick war der Einzige, der von seiner Glatze profitiert hatte, immerhin hatte er nun keine widerwärtigen roten Haare mehr auf dem Kopf.

Uns hinderte die Tatsache allerdings nicht daran, dass wir uns weiter über seine nicht mehr vorhandene leuchtende Haarpracht lustig machten.

»Eichelkopf, sag bloß du hast noch immer nicht abgeschlackert?«

Tatsächlich ging Patrick uns damit seit Tagen auf die Nerven.

Theo setzte ihm ein Glas Wasser vor, in dessen halb verschüttetem Inhalt sich ein Pulver auflöste.

»Hör mir auf damit! Der Arzt sagt, dass das vom Bewegungsmangel kommt. Als ob der Quacksalber nach zwei Schlaganfällen noch herumhüpfen würde, wie so'n Jungspund.« Patrick winkte ab. »Aber lassen wir das. Was gibt es bei euch Aktuelles?«

Das war für Wiesel das Zeichen, wieder zu seinem Anliegen von eben zurückzukommen. »Kennst du die Steffi aus der hundertvier?«

»Mhm«, brummte Patrick, »das ist doch dieses abgemagerte Rippchen.«

»Nur so viel, Freunde: Die ist vier-Loch-begehbar!«

»Vier Loch?« Der glatzköpfige Rothaarige verlor beim Lachen fast sein gesamtes Getränk. »Also drei kann ich mir ja vorstellen, aber was hast du denn noch gemacht? Lass mich raten, du hast ihn ihr in der Achselhöhle versenkt? Wie heißt das noch mal?«

»Italienisch«, warf ich ein.

»Ach was, das ist doch stinklangweilig. Ich wisst doch, dass ich immer auf der Suche nach neuen Herausforderungen bin.«

Ich war verwundert, dass sein Hosenteufel immer noch standhaft war, wenn auch wahrscheinlich dank den neuesten pharmazeutischen Produkten, auch wenn Wiesel das immerzu leugnete.

»Jaja, Stephanie hatte wohl Darmkrebs oder so 'ne Scheiße. Auf jeden Fall hat sie einen künstlichen Darmausgang.«

Ich wusste, dass es auf irgend so einen abnormen Mist hinauslaufen würde. »Ekelhaft!«

Patrick schien im Gegenzug höchst belustigt. »Wie jetzt? Im Ernst? Du hast ihr deine Donnerlunte in die neue Darmpforte gerammt?«

»Yes, Sir!«, antwortete unser Freund und er war offensichtlich noch stolz wie Oskar drauf.

»Wie geht denn so was vonstatten?«, interessierte sich Patrick für die bizarre Praktik.

Udo wurde nun auch zu uns geschoben, und ich war froh, um eine weitere Unterbrechung. »Also, das nenne ich mal 'nen Service. Die Hühner spielen einen hier im Laden kostenlos am Lümmel herum«, stellte er fest und grinste uns schelmisch an. »Manche von denen stehen auch auf so'n analen Kram. Ihr wisst schon, sie machens einem hinten rum.«

Wir drei anderen schauten uns an, unterließen es aber, unseren Kumpanen ein weiteres Mal aufzuklären. Kurz hatte ich die Hoffnung, dass Wiesel sein gestriges Abenteuer vergessen hatte, dem war aber leider nicht so.

»Wo war ich stehen geblieben? Ach ja, es ist an sich ganz easy. Du nimmst den Kackbeutel ab, säuberst den Darmausgang ein wenig und schon kannst du dich da drin so richtig austoben«, fing er wieder mit dieser Sauerei an.

Eine Frau kam zu uns an den Tisch. »Was möchten die Herren denn heute frühstücken?«

»Ich nichts mehr, danke. Mir ist grade ganz gehörig der Appetit verdorben worden«, antwortete ich.

Die anderen gaben unbeeindruckt ihre Bestellungen auf.

Udo bestellte fälschlicherweise ein Mittagessen, doch die Angestellte war so professionell und ließ sich nichts anmerken.

Nun betrat auch Stephanie den Raum. Sie hatte sich so dick Lippenstift aufgetragen, dass sie auch als ein makabrer Clown in einem Horrorstreifen durchgehen könnte. Sie kam schnurstracks auf Wiesel zu, umarmte ihn und verpasste ihm einen dicken Kuss. »Da hast du dir gestern aber so richtig was abgetreten, mein Tiger.«

Am ganzen Körper – außer auf meinem Haupt, denn da waren ja nun keine mehr – stellten sich mir die Haare zu Berge.

»Bild dir da drauf mal nicht zu viel ein, Baby«, meinte Wiesel, als er sich aus der Umarmung löste. »Ich spare mich nicht nur für eine Frau auf.«

Unsensibel wie eh und je, dachte ich bei mir.

Als Wiesel dann noch dreist fragte: »Wann kommt eigentlich deine scharfe Tochter noch mal zu Besuch?«, zog die dürre Frau schwer getroffen ab.

Nachdem die drei ihre erste Mahlzeit eingenommen hatten, schob ich Udo in mein Zimmer und die anderen beiden folgten uns. Theo gab an, dass er es heute nicht schaffen würde, da das Fitzchen ja nun fast rund um die Uhr Betrieb habe und er *busy* wäre. Ich schaute auf die große Kuckucksuhr, es war fast zehn, die perfekte Zeit zum Frühschoppen. Wir spielten Karten, tranken Whiskey und auf den ersten Blick hatte sich nicht allzu viel geändert. Na gut, außer das Udo und Theo inzwischen altersverwirrte Beinkrüppel waren und Patrick nicht kacken konnte. Besuch bekam ich reichlich. Ich hatte im Laufe der Zeit mit meinem Alimentekabel versehentlich etwa dreiundvierzig – selbstredend uneheliche – Kinder mit siebenundvierzig Frauen gezeugt – oder war es umgekehrt? Wie auch immer, auch wenn ich außer den pünktlichen Unterhaltszahlungen kein besonders guter Vater gewesen bin, kamen immerhin neun erwachsene Kids regelmäßig, auch wenn sie sicherlich mehr Interesse an meiner Kohle als an mir hatten. Außerdem kamen dann und wann auch einige der Mütter vorbei, auch wenn ich, wie vorhin bereits erwähnt, nicht mehr die Spermamaschine war, als die ich einst berüchtigt gewesen war.

Die Tür meiner kleinen Bude im Heim öffnete sich und riss mich aus meinen Gedanken. Eine Schwester meckerte, dass bereits der gesamte Flur vollgequalmt wäre. Als sie die Fenster geöffnet hatte und daraufhin wieder verschwunden war, lag mir ein unschlagbares Blatt auf der Hand. Die gesamte Ausbeute, insgesamt zweiundzwanzig Euro, wähnte ich schon fest in meinem Besitz, auch wenn es letztlich sowieso in unsere gemeinsame Schnapskasse wanderte.

»Ich erhöhe«, rief ich mit meinem altersgegerbten Pokerface.

Udo und Wiesel warfen ihre Pokerkarten hin, nur Wiesel zog noch mit.

Patrick stand laut ächzend auf und hielt sich seine Hand auf den Bauch. »Puh, ich muss mal schleunigst deinen Lokus benutzen. Der Lehm drückt jetzt endlich, und das Schokoauto hupt schon.«

»Ha! Das kommt von dem guten Alkohol und vor allem vom Nikotin. Die ganzen Scheißmediziner verteufeln das Zeug. Auf so eine gewünschte Nebenwirkung weisen sie uns jedenfalls nicht hin«, gab Wiesel seine Meinung dazu ab. Er spielte übrigens den Pflegekräften zeitweise vor, dass er ebenfalls unter Verstopfung leiden würde, aber nur weil er es insgeheim genoss, wenn er dann von den Schwestern sein Mokkastübchen ausgeräumt bekam. Die leidgeprüften Angestellten zogen sich mehrere Handschuhe übereinander an und puhlten ihm in seinem Enddarm herum. Wiesel quittierte die Sonderbehandlung mit so lautem Stöhnen, das die Pflegerinnen fälschlicherweise als Schmerzensausrufe einstuften. Ja, er war schon ein ganz ausgebufftes Kerlchen. Einmal hatte ich den Perversen dabei erwischt, wie er (schätzungsweise lauwarmen) Kartoffelbrei in eine Urinflasche gestopft hatte. Dreimal dürft ihr raten, was er wohl damit vorhatte. Im Herbst wurden seine *Experimente* tendenziell sogar noch extravaganter, als dass sich bei ihm eine Art Altersmilde einstellte. Er lebte nach dem Motto: Ist der Ruf erst ruiniert, lebt es sich ganz ungeniert. Aber genug davon, schließlich war das hier quasi Patricks *Screentime*, denn dieser stöhnte auf dem Porzellanthron wie eine Gebärende kurz vor der Niederkunft.

»Vielleicht sollten wir Hilfe holen?«, fragte unser Rollstuhlfahrer verunsichert und Patrick schrie: »Nein! Ich will einfach nur in Ruhe kacken! Herrgott noch mal!«

»Dann leg deinen Haufen gefälligst 'ne Spur leiser. Bauko und ich liefern uns hier ein spannendes Finale.«

Wiesel und ich sahen uns an und verzogen keine Miene. Auch wenn es um keinen hohen Geldbetrag ging, das hier war eine Frage der Ehre. Mittlerweile quiekte Patrick auf dem Pott wie ein abgestochenes Schwein und Udo meldete sich erneut zu Wort: »Also ich finde, wir sollten da jetzt wirklich was tun.«

Wiesel legte sein Blatt – leider verkehrt herum – auf den Tisch und verdrehte genervt die Augen. »Hör mal, Krüppel, sei doch bitte so gut, fahr mal in den Kollektivraum zu Theo und hol mir doch bitte ein Café Mulatte to go oder so.«

Udo ging (beziehungsweise fuhr) der Alibiaufgabe umgehend nach. Auch wenn Patrick weiter Laute wie ein Pornostar beim Orgasmus im überschaubaren Nebenraum von sich gab, nahm Wiesel seine Karten gekonnt lässig wieder an sich.

»Nur noch wir zwei. Alles oder nichts!«, sagte ich mit zusammengekniffenen Augen zu meinem Kameraden.

»Du kannst nur verlieren. Ich habe immer noch ein Ass im Ärmel«, protzte Wiesel, und es war mir leider nicht möglich, zu erkennen, ob er bluffte oder nicht. Wir waren beide angespannt, und so sehr in unser Pokerspiel vertieft, dass wir gar nicht wahrgenommen hatten, dass Patrick nebenan inzwischen verstummt war.

»Hose runter!«, sagte ich emotionslos, als ich mir sicher war, dass mein Sieg in greifbarer Nähe war.

»Endlich! Und ich dachte schon, das höre ich nie mehr von dir.« Wiesel setzte ein cooles Grinsen auf. Ich pfiff, als er mir seine Hand präsentierte, doch gerade als ich mit der meinen auftrumpfen wollte, fielen mir Patricks Karten auf dem Tisch auf. Diese bestanden aus zwei Paaren Achten und Assen, jeweils Pik und Kreuz und mich beschlich ein verdammt ungutes Gefühl, denn was dort vor mir lag, war die legendäre Dead Man's Hand. Angeblich soll niemand geringeres als Bill Hichok diese gehalten haben, als man ihn hinterrücks erschossen hat. Plötzlich ging ohne Vorwarnung die Tür auf und zwei Schwestern kamen herein. Ohne uns zu beachteten, klopften sie an meine Scheißhaustür und riefen Patrick beim Nachnamen. Keine Reaktion.

»Zeig schon her, was du auf der Kralle hast!«, forderte Wiesel gereizt, während die Schwestern mit ihrem Generealschlüssel den Zugang zu meiner Nasszelle öffneten. Ein ekelhafter Geruch strömte uns aus dem kleinen Raum entgegen und Patrick rutschte vom Toilettendeckel und kippte vornüber. Der Aufprall ging mit einem unangenehmen Klatschgeräusch einher.

Jetzt schaute auch Wiesel zu unserem alten Freund, der mit heruntergelassener Hose regungslos auf dem Boden lag. Ein Stück braune Wurst ragte noch aus seiner Kackluke hervor. Im Pott befand sich der verdammt noch mal größte Haufen Scheiße, den ich jemals in meinem Leben gesehen (und gerochen!) hatte. Man hätte meinen können, dass mindestens zwanzig gestandene Männer dafür verantwortlich waren. Die weißen Wände waren mit braunen Fingerabdrücken übersäht. Selbst an der Decke befanden sich weitere Fäkalienspuren. Was hatte unser Freund hier drinnen nur für ein Kackmassaker veranstaltet? Die beiden Schwestern berieten sich, ob eine Herzdruckmassage angebracht wäre, offenbar wollte sich hier im wahrsten Sinne des Wortes niemand die Hände schmutzig machen.

So schnell kann es vorbei sein, dachte ich bei mir. *Asche zu Asche und Scheiße zu Scheiße.* Keine Ahnung, ob ihn der Blitz beim Scheißen getroffen hatte, oder ob durch den Druck beim Abwursten ein Aneurysma in seinem Kopf geplatzt war, jedenfalls lag mein Kamerad Patrick nun mausetot in meiner Nasszelle.

Udo kam zu uns gerollt und fand die treffsicheren Worte: »Verflucht, Patrick hat ausgeschissen!«

Wir alle waren von tiefer Traurigkeit gezeichnet, schließlich ist hier eine gottverdammte Legende von uns gegangen.

Patrick war der Einzige von uns, der sich mithilfe einer Dachschräge in seinen Jugendjahren seinen eigenen Schwanz lutschen konnte.

Ich wurde mir plötzlich meiner eigenen Sterblichkeit einmal mehr bewusst. Wider Erwarten war ich älter geworden, als mein gesamtes Umfeld und ich selbst es für möglich gehalten hätten. Mich hatte keine Leberzirrhose dahingerafft und auch hatte ich kein Korsakow-Syndrom kultiviert. Für meinen exzessiven Lebensstil war ich bei relativ guter Gesundheit steinalt geworden.

Ich beschloss Theo dazu zu holen, damit auch er von einem seiner besten Kunden Abschied nehmen konnte, auch wenn Patrick beileibe kein ästhetisches Bild bot.

Als ich mit Theo in mein Zimmer kam, erwischte ich Wiesel, wie er gerade dabei war, mein Siegerblatt zu manipulieren. Er schaute daraufhin mit hochrotem Kopf wie ein getadelter Schuljunge drein.

Wir schickten die Pflegerinnen hinaus, sollten sie den Arzt informieren, damit dieser den Totenschein ausfüllen konnte.

Aus meinem Schrank kramte ich meine beste Flasche Whiskey hervor. Den Kasten musste ich abschließen, da mir die Aasgeier ansonsten an den edlen Stoff gingen.

Wir standen vor Patrick und dem total verdreckten Abort. Wiesel hatte anstandshalber ein Handtuch über das unansehnliche Hinterstübchen unseres alten Weggefährten gelegt. Ich sprach ein paar persönliche Worte, die diesem traurigen Anlass gerecht wurden, und dann stießen wir Hinterbliebenen auf Patrick an, den Ersten, der von uns gegangen war.

***

Ich wachte auf und kratzte mich am Sack.

»Was war das nur für ein beschissener Traum?«, fragte ich noch reichlich benommen ins ansonsten leere Schlafzimmer hinein. Da es bereits hell war, beschloss ich, in die Puschen zu kommen, denn heute wartete einiges an Arbeit auf mich.

Kapitel 11

»Mit Sturm ist da nichts einzunehmen;
Wir müssen uns zur List bequemen.«
Johann Wolfgang von Goethe

Elif kam zu Besuch, erstmals auf meine Bitte hin. Sie kam pünktlich auf die Minute, und alles lief exakt wie am Schnürchen. Ich empfing sie völlig unverhüllt an der Tür. Kurzzeitig hatte ich sogar überlegt, mir eine Schleife um den Pimmel zu binden, hatte diese abgeschmackte sowie alberne Idee aber rasch wieder verworfen (na gut, weil ich kein Material im Haus hatte).

»Baukowski«, sagte sie nach dem gelungenen Überraschungseffekt in einem Tonfall, der puren Sex verhieß und mir umgehend das Blut in die Lendengegend pumpte.

»Komm schon rein, oder ich verbrate dir gleich hier einen im Türrahmen«, sagte ich schroff.

»Da freut sich aber einer, mich zu sehen«, stellte Elif mit verführerischem Blick fest, und nachdem sie sich vergewissert hatte, dass uns niemand zusah, griff sie ungeniert an meinen ausgefahrenen Schwanz. Zärtlich rieb sie daran und spielte mit ihrem Daumen an meiner Nille. Ja, Elif wusste, wie ich es gern habe. Ich packte mir die Frau, die nicht einmal sechzig Kilo wog, und trug sie ins Schlafzimmer, während ich grunzte wie ein Höhlenmensch und sie mit einem freudig-erregten Quieken auf das Spiel mit einging. Dort angekommen warf ich sie auf das quietschende Bett. An ihrem Blick konnte ich erkennen, wie sehr sie diese raue Behandlung genoss.

»Zieh dich aus«, hauchte ich – innerlich bereits ziemlich getrieben – ihr eine eindeutige Anweisung zu, und sie nannte mich, während sie sich gehorsam entkleidete, abermals so hoch erotisch bei meinem Namen.

Ich sprang auf die Matratze und verwandelte mich auf ihr in das berüchtigte menschliche MG 42. Nach einem fulminanten Höhepunkt sprang ich aus der Kiste und ging an meinen Klapprechner.

»Ungemütlich«, empfand Elif und protestierte im weiblich-süßen Ton. »Es war grade so behaglich. Komm doch bitte wieder zu mir zurück.«

Das tat ich auch, allerdings setzte ich mich lediglich auf die Bettkante und schaute sie leidenschaftslos an. »Ich muss mit dir reden.« Meine ernste Art machte Elif nervös, sie spürte offenbar, dass ihr etwas Unangenehmes bevorstand und setzte sich nun ebenfalls hin.

»Was ist denn los?«, erkundigte sie sich und ich unterrichtete sie ausführlich über die Stasi-West-Methoden von der Saubermannfrau Charlotte Hess und hoffte auf ein wenig Verständnis zu stoßen.

»Ja, dann entschuldige dich doch einfach bei ihr stellvertretend für alle Frauen, und dann wird auch wieder Frieden einkehren.« Elifs Reaktion klang wie eine logische Schlussfolgerung.

»Gottverdammt, wofür?«, wunderte ich mich über diese Wand der Ignoranz ihrerseits. »Mal im Ernst, wofür soll ich um Vergebung betteln? Dafür, dass ich so bin wie ich nun mal bin?« fragte ich sie – vielleicht eine Spur zu laut.

»Vielleicht dafür, dass du Frauen wie ein Stück Scheiße behandelst?«

War das jetzt eine rhetorische Frage oder nicht?, fragte ich mich, doch dann kochten meine Emotionen auch schon über, und es platzte wutentbrannt aus mir heraus. »Das ist alles, was dir dazu einfällt? Ich hätte ehrlich gesagt ein wenig mehr von dir erwartet, aber ein bisschen Einfühlungsvermögen ist scheinbar schon zu viel verlangt.«

Das brachte nun auch Elif in Rage und sie schrie mich ebenfalls an. »Was erwartest du jetzt von mir? Wir stehen in diesem Krieg nun einmal an völlig verschiedenen Fronten. Deine Perspektive ist für mich verdammt schwer nachvollziehbar.«

»Erzähl mir jetzt nicht, dass du auf der gleichen Seite wie diese debile Pummelfee Charlotte Hess stehst.«

Elif schlug sich selbst so hart auf ihren Oberschenkel, dass es klatschte und sie biss sich vor Schmerz auf die Unterlippe. »Bravo. Da haben wir es wieder. Das ist genau das, was du immer machst. Du beleidigst andere Menschen, insbesondere Frauen, und zwar am laufenden Band. Auf Minderheiten knüppelst du ebenfalls liebend gern ein. Aber wenn es zu dem seltenen Fall kommt, dass du mal keinen Applaus erhältst und sich stattdessen dann mal jemand beschwert, sagst du ›Sorry Droogs, aber das war alles nur Satire. Komm ich bestelle eine Lokalrunde, und wir sind alle wieder Freunde.‹« Nebenbei bemerkt, äffte sie mich mit ihrer tiefergelegten Stimme ganz passabel nach. »So läuft es aber nun mal nicht! Du hast nicht das Recht, kontinuierlich die Gefühle anderer zu verletzen! Dass dich das Karma jetzt mit der geballten Faust ins Rektum fickt, tut mir ja leid für dich, aber nach meiner Auffassung von Gerechtigkeit hast du es letztlich nicht anders verdient.« Sie suchte ihre Kleidungsstücke, die auf dem Bett und Boden verteilt waren und zog sich wieder an.

»Was hast du vor?«, fragte ich Elif.

»Ich hau ab.«

Ich konnte ihr ansehen, dass sie nicht weinen wollte und dagegen ankämpfte. »Es war ein Fehler herzukommen. Ich hätte mich überhaupt niemals mit dir einlassen dürfen.« Nun liefen ihr doch die Tränen über ihr hübsches Gesicht. »Wie konnte ich nur so blöd sein? Immer wieder falle ich in alte Verhaltensmuster zurück.«

Das wäre jetzt der Moment gewesen, in dem ich sie hätte in den Arm nehmen und trösten müssen. Aber das hätte meinem weiteren Vorhaben nur im Wege gestanden.

»Setz dich«, gab ich im autoritären Ton von mir. »Ich brauche deine Hilfe.«

Elif setzte sich tatsächlich wieder hin, putzte sich ihre Nase und beruhigte sich ein Stück weit. »Was? Was willst du von mir?« Sie war sichtlich aufgebracht und verletzt.

»Ich muss dringend ein Gegengewicht zu dieser öffentlichen Meinung schaffen. Du bist Bloggerin und Schriftstellerin, und deine Worte finden auch in den erlesenen Kreisen von Charlotte Hess Gehör.«

Elif ließ einen seltsamen Laut heraus, der mich an das Grunzen eines Schweins erinnerte.

»Ich will, dass du eine Art Plädoyer für das Stönkefitzchen und damit letzten Endes auch für mich schreibst. Das Schicksal meines Zuhauses ist untrennbar mit mir verbunden.«

Ihre Betroffenheit schlug nun blitzartig in Wut um. Ihre Augen funkelten gefährlich. »Bist du eigentlich noch bei Sinnen? Das werde ich ganz sicher nicht tun!«

Weitere Zeit mit Diskussionen zu verschwenden, lag nicht in meinem Interesse, und ich griff in die Kiste mit den ganz schmutzigen Tricks. »Da bin anderer Meinung.« Ich warf ihr einen USB-Stick zu, den ich eben am Rechner mit einer Datei beladen hatte.

Natürlich fing Elif das Speichermedium nicht auf, und eine der Stimmen in meinem Kopf fragte mich, warum Frauen einfach nicht fangen konnten. War das jetzt schon wieder ein Vorurteil, oder sprach da die Erfahrung?

»Was soll das?«, fragte mich mein Bettgast, der gern keiner mehr wäre, und ich erzählte ihr, ohne mit der Wimper zu zucken, was sich auf dem Stick befand.

»Ernsthaft? Du hast uns, ohne mich zu fragen, mit einer Spy-Cam beim Sex gefilmt?«, fragte sie ungläubig. »Ich werde dich anzeigen und verklagen!«

Aber wir wussten beide, dass sie nichts dergleichen in die Wege leiten würde. Nachdem ich keinen Ton dazu sagte, fuhr sie fort.

»Du willst mich wirklich erpressen?« Noch immer hörte ich einen klitzekleinen Hoffnungsschimmer heraus, denn sie stellte es als Frage und nicht als Fakt. Doch auch die Zuversicht, dass ich sie nur böse auf den Arm nehmen würde, nahm ich ihr nun ab.

»Ja, du lässt mir leider keine andere Wahl.«

»Das kannst du doch nicht machen. Du ruinierst mich beruflich!«

»Das ist nicht meine Intention, und dieser Beitrag wird dich schon nicht ernsthaft runterwirtschaften«, entgegnete ich. »Ich will, dass du eine Ode an die Toleranz schreibst, und das beinhaltet nun mal auch, dass Männer von meinem Schlag akzeptiert und nicht kriminalisiert werden. Du kannst es so aufbauen, dass du nicht offen Partei für uns beziehst, sondern in der Position einer neutralen Person von dieser Hexenverfolgung berichtest und gleichzeitig die gefährliche Indoktrinierung mitsamt ihren tragischen Begleiterscheinungen aufzeigst.«

Elif schnaubte verächtlich. Dann ratterte es in ihrem hübschen Kopf und sie atmete tief durch. Jetzt hatte sie die bittere Wahrheit für sich angenommen. »Das einzige Tier, das mir bekannt ist, ist der Mann. Nur er ist solange freundlich zu seinen Opfern, bis er sie schlussendlich frisst«, gab sie tiefsinnig wie traurig auf dem verlorenen Posten von sich.

Ich spielte mit dem Gedanken, ihr zu sagen, dass sie in ihrer These *Mann* besser durch *Mensch* ersetzen sollte, ließ aber dann davon ab. Sie jetzt wieder in die Zornesphase hineinzukatapultieren, brachte niemanden weiter.

»Ich komme mir seltsam benutzt vor. Für dich war ich also nicht mehr als eine Schachfigur, und jetzt war für dich der passende Zeitpunkt, dass der Bauer dran glauben musste.« Sie stand auf, warf den Stick zu Boden und verschwand mit den Worten »Du bist ein richtig ekliger Drecksack!« aus der Tür und somit auch aus meinem Leben.

***

Am frühen Nachmittag hatte ich Patrick meinen Plan im Groben mitgeteilt und ihm den Auftrag anvertraut, sich eine sogenannte Spionage-Kamera zuzulegen.

Er musste auflachen. »Alter, du bist manchmal so was von retro.« Es war für ihn offenbar ein wahrer Schenkelklopfer und er unterbrach sich selbst mit kleinen Lachattacken. »Spionage-Kamera, das sagt kein Schwanz mehr, das ist irgendwie so herrlich *James Bond*. 'ne *Spy-Cam* habe ich allerdings schon vor Jahren billig in 'nem China-Shop geschossen.« Jedenfalls kam er vorbei, installierte das Gerät und erklärte mir die simple Handhabung.

Jetzt musste ich Elif nur noch verführen, aber da war ich zu hundert Prozent in meinem Element und dem Trick, den ich ausgetüftelt hatte, konnte sie natürlich nicht widerstehen. Aber hey, wer kann schon Nein zu einem nackten Baukowski sagen?

Die schonungslose Entscheidung, die ich in meinem Kopf bereits gegen die junge Türkin getroffen hatte, war zugegebenermaßen recht hart und empathielos. Gut fühlte es sich in meinem Bauch nicht an, aber diesen Kollateralschaden musste ich in Kauf nehmen. Ich liebte zwar ihr enges Fötzchen, gar keine Frage, aber das Fitzchen liebte ich nun einmal mehr …

***

Ich setzte mich an meinen Rechner. Jetzt lag es ebenfalls an mir, auch wenn ich mich ursprünglich verweigert hatte und mich zu den Diffamierungen nicht äußern wollte. Trotz des Ungeists dieser kranken Zeit hatte ich meinen Glauben an die Menschheit noch nicht völlig verloren.

Wie ich Elif bereits mitgeteilt hatte, schwebte mir ein Kontergewicht zur ›Hess-Fraktion‹ vor. Vielleicht so etwas wie die ›Division Baukowski‹. Okay, das war wohl eher eine meiner Schnapsideen, Reizwörter dieser Art sollte ich besser vermeiden. In meinem Kopf formte sich eine emotionale und auch ein wenig pathetische Fürsprache für die Meinungsfreiheit, schließlich befanden wir uns doch im angeblich freiesten Staat, der je auf deutschem Boden existiert hat. Mit »Wir waren so frei wie Vögel, doch plötzlich waren wir vogelfrei« fand ich den passenden Satz für die Einleitung und schrieb mir meinen angestauten Frust und die empfundene Ungerechtigkeit vom Herzen. Den gesamten Text schrieb ich in einem Rutsch runter, ohne jegliche Unterbrechungen. Erst als ich »Auf die Freiheit! Cheers.« und meinen Namen daruntersetzte und die Arbeit beendete, wendete ich meinen hochkonzentrierten Blick vom Bildschirm ab.

»Wow, das ist verdammt gut!«, lobte ich mich selbst, als ich noch mal gegenlas. Mein teils offensiver und manchmal durchaus plakativer Humor war einem subtileren Witz gewichen, aber dafür war dieser pechschwarz und wahrhaftig zynisch, und das war dem Thema meines Erachtens durchaus angemessen. So blauäugig, der Ansicht zu sein, damit die mediale Sicht umzukehren, war ich natürlich nicht, aber ich war guter Hoffnung, dass genügend Menschen – und ja, Männer sowie Frauen – existierten, die keine Lust mehr hatten, sich eine Meinung – immer nach dem gleichen Muster –diktieren zu lassen und nicht jede Scheiße mitmachen wollten. Schließlich hatten am vergangenen Wochenende auch eine Menge Leute mit uns gefeiert und uns unterstützt. Ich klickte auf ›Senden‹ und die offizielle Petition zum Erhalt des Stönkefitzchens wurde online abgeschickt.

Tags darauf schaute ich gespannt auf die Reaktionen und war regelrecht verblüfft. Natürlich war das bekannte Hess indoktrinierte Gehetze allgegenwärtig, aber jede Bewegung schafft auch eine Gegenbewegung, und ich staunte nicht schlecht, als sich bereits knapp 50.000 Menschen zu uns, sowie dem Fitzchen bekannten.

Auch Elif hatte, wenn auch mit Widerwillen, ihr Soll erfüllt und einen Online-Artikel veröffentlicht, der – wie erwartet – eine Kontroverse losgetreten hatte. Auch wenn der Beitrag relativ wertfrei geschrieben war, wurde sie massiv aus den eigenen Reihen angegriffen.

Das Bild einer vor Wut schäumenden Charlotte in meinem Kopf, zauberte mir ein Lächeln auf die Lippen. Jetzt gab es nicht mehr nur diese eine Stimme, die gegen uns aufstachelte, sondern es bestand eine Gegenkultur, und es fand sogar eine öffentliche Auseinandersetzung statt.

Klar, wir polarisierten, aber das war doch seit jeher so. Für mich war das Beste an der gesamten Situation jedoch, dass sich meine Backlist derweil wie geschnitten Brot verkaufte. Ich hatte inzwischen die Gunst der Stunde genutzt und mir die Rechte an meinen Werken, nachdem mein Verleger ja kapituliert hatte, für sehr erschwingliche Konditionen zurückgekauft. Jetzt war der Weg geebnet für meinen weiteren Plan. Der finale Schlag gegen Charlotte Hess und ihr Heer aus Lemmingen sollte erfolgen.

»Die haben uns mit Dreck beworfen, aber jetzt werfen wir zurück«, sprach ich in den menschenleeren Raum und lachte so theatralisch wie ein Filmbösewicht vor einer Filmblende.

Kapitel 12

»In dem Gefäß, drin alles reingerät
Was so ein Medikus herausholt aus dem schwieren
Gedärm an Eiter und verpestetem Sekret
In Salben, die sie in den Schlitz sich schmieren
Die Hurenmenscher, um sich kalt zu halten
In all dem Schmodder, der zurückbleibt
in den Spitzen und den Spalten
Wer hätte nicht durch solchen Schiet hindurchgemusst
In diesem Saft soll man die Lästerzungen schmoren.«
François Villon – Die Ballade von den Lästerzungen

»Was für ein scharfes Teilchen hast du denn da am Start?« Udo staunte, während Patrick und Theo gleichzeitig durch die Zähne pfiffen und so ihre Anerkennung signalisierten, als ich mit meiner Begleitung das Fitzchen betrat. Es war aber auch ein geiles Outfit: kniehohe Plateau-Lackstiefel, ein schwarzer Minirock und eine dunkle Bluse, unter der man die ideal proportionierten drallen Rundungen erkennen konnte. Brüste, die fast schon einen Ticken zu perfekt waren, als dass sie als echt durchgingen. Eine generell eher zierliche Figur rundete den gelungenen Anblick ab. Das Gesicht war übertrieben aufgetakelt und das gefühlte Pfund Make-up wirkte eher *bitchy* als adrett, aber hey, wir waren Typen und standen doch insgeheim alle auf so was.

»Wiesel kommt später«, informierte ich meine Jungs.

»3-D-Pornos?«, horchte Patrick nach, und ich nickte.

Ich verpasste meiner Neuen einen Klaps auf die knackigen Backen und sagte in bewusst lautem Ton zu ihr, dass alle es hören konnten: »Ich muss mal ’n Sixpack Bier wegbringen.« Ich fasse mir kurz an den Bauch. »Ach, wenn ich schon mal da bin, werde ich mir auch gleich ein Snickers aus dem Kreuz drücken. Sei derweil nett zu meinen Freunden.« Dann ging ich schnurstracks zu den Örtlichkeiten. Den Toilettendrang hatte ich Fuchs jedoch nur vorgetäuscht und beobachtete aus dem Verborgenen heraus, was nun geschah.

Die sexy Lady, mit den fast arschlangen blonden Haaren setzte sich herausfordernd auf Udos Schoß und er griff ihr gleich um die Taille. *Tststs*, dachte ich, *er lässt auch nichts anbrennen. Wenn es um ’ne Pussy geht, ist er mir nicht sonderlich loyal*, stellte ich fest, aber das war schon in Ordnung, denn so waren wir Droogs halt. Es gab so etwas wie eine Art ungeschriebenes Gesetz zwischen uns, Frauen sahen wir nicht als unser Eigentum an. Ob das schon ein fast femininer Ansatz war, entzog sich meinen Kenntnissen. Auf jeden Fall teilten wir Brüder nun einmal. Die anderen beiden schauten lüstern zu, wie mein Mädchen ihre aufreizenden Hüften körpernah kreisen ließ.

»Wer bist du denn, Hübsche?«, wollte Udo wissen, und ich sah genau, wie sehr er ihre Spezialbehandlung genoss.

»Muss ich denn einen Namen haben?«, flirtete sie ungezügelt mit ihrer hohen, fast engelsgleichen Stimme.

»Nein, für mich wahrlich nicht«, konterte Udo. »Sag mal, kennen wir uns nicht von irgendwoher? Dein Gesicht kommt mir irgendwie bekannt vor.«

»Das ist durchaus möglich. Ich war schon mal hier.«

»Hier im Fitzchen? An so eine Schönheit würde ich mich doch erinnern«, schäkerte Theo und nun stieg auch Patrick mit ein.

»Du warst bestimmt vergangenes Wochenende hier, als wir zu der legendären Party aufgerufen haben, oder?«

Ein Zwinkern war ihre Antwort auf die Frage.

»Baby, wenn du dich weiter so an mir reibst, dann schieß ich mir noch in die Hose«, feixte Udo.

Damit hatte ich genug gehört, stiefelte wieder zurück und nahm mein Bier vom Tresen. »Lasst uns anstoßen«, begann ich meine kleine Ansprache an meinen Freundeskreis. »Morgen Abend um diese Zeit holen wir zum Präventivschlag gegen die FFF aus. Danke dir übrigens für die kreative Abkürzung, Wiesel.«

»Du Blindfisch!« Patrick lachte. »Der perverse Trottel ist doch noch gar nicht hier.«

»Das glaubst *du* vielleicht, Streichholz.« Rothaarige Menschen dissen stand auch nach all den Jahren bei uns noch hoch im Kurs. »Also ich seh was, das macht euch alle spitz und bringt Udo in Kürze zum Überschäumen.«

Die Gesichter meiner Kumpels waren unbezahlbar. Allesamt standen ihnen die Münder offen, als Wiesel seine Langhaarperücke abnahm und spitzbübisch »Tadaaa!« rief. Udo schubste Wiesel unsanft von sich.

»Geh mir nie wieder auf die Ei … äh, auf das Ei und vor allem nicht daran!«, schimpfte er sichtbar erbost.

»Ja, da heck die Finne! Ich war scharf auf dich!« Patrick schüttete sich angewidert.

»Hey, du hast ein Rohr!« Theo war der Erste, der das Offensichtliche aussprach. »Wiesel hat dich geil gemacht!«, gackerte er und zeigte mit dem Finger auf den beschämten Udo.

»Ich hab euch alle geil gemacht!« betonte Wiesel. »Ich bin mir nicht ganz sicher, aber ich glaube, Udo hat sogar was von seinem Präejakulat verloren«, zog er unseren Freund auf.

»Halt dein Transen-Maul!« Wer den Schaden hat, braucht für den Spott nicht zu sorgen. Udo fand es offenbar weniger komisch.

»Was ich allerdings seltsam finde, ist, dass ich auch ’ne Latte hab«, wunderte sich Wiesel und fasste sich unter den Rock.

»Was man anfängt, muss man auch beenden, Wiesel«, forderte Patrick seinen Freund auf, und ehe Udo, der mit dem Rücken zur Wand stand, loslegen konnte, intervenierte ich. »Und genauso wird es morgen laufen! Wenn nicht mal ihr euren eigenen Kameraden erkannt habt, dann wird Charlotte den Schwindel schon mal gar nicht checken. Das grade war quasi die Generalprobe, so etwas wie der gottverdammte Härtetest!«

Das schluckten die Jungs, und auch Udo schien ein wenig besänftigter.

»Und das ist mein Schlachtplan. Wir schleusen Wiesel in seinem neuen Outfit in die verfickte Liga der verkackten Feministinnen und unterwandern diesen Drecksverein!«

Ein Raunen ging durch die Printe.

»Nach der gestrigen Nullnummer, bin ich noch mal in mich gegangen, habe die Hess ausreichend analysiert und eine todsichere Strategie entwickelt, wie wir dieser zweibeinigen Erektionskillerin mitsamt ihrem Scheißladen endlich das Handwerk legen.« Ich wandte mich an Patrick. »Hast du das, worum ich dich gebeten habe?«

»Und ob.« Er hielt etwas in die Luft, das nicht größer als ein Knopf war. »Dieses kleine Ding hier, das ist ein Full-HD-Aufnahmegerät. Eine sogenannte Spy-Cam, oder wie Baukowski es nennt: Spionage-Kamera.« Er setzte das letzte Wort in Anführungszeichen, doch außer ihm lachte niemand und er fuhr unbeirrt fort. »Dieses Teil ist zum Selbsteinbau, und die Linse misst lediglich einen halben Zentimeter im Durchmesser. Wir können das Gerät problemlos an Wiesels Kleidung verstecken und haben eine Bild- und Tonaufnahme in höchster Qualität.«

»Sag mal, vertickst du die? Du kommst rüber wie so'n Scheißverkäufer«, witzelte Wiesel.

Derweil warf ich einen Blick auf Udos Hose und nahm wahr, dass er sich beruhigt hatte.

»Du willst also, dass sie irgendwas Verfängliches ausspuckt, aber wie willst du sie dazu bewegen?«, fragte Theo und kratzte sich am Bart.

»Der Köder wurde bereits ausgelegt und so viel kann ich euch verraten, Freunde: Unsere beliebt beleibte Brunftlöscherin hat angebissen!«

»Es wird allerhöchste Zeit, dass wir ihr den Hahn zudrehen«, fand auch Udo und Theo spendierte uns daraufhin präventiv eine Runde auf den Endsieg. Wir ließen es abermals ordentlich krachen.

Als es zu später (oder viel eher zu früher) Stunde zur Aufbruchsstimmung kam, musste ich kurz an Jasmin – ach, nein, sie heißt ja Elif –, denken und spielte mit dem Gedanken, sie anzurufen. Doch dann fiel mir auf, dass ich sie gar nicht vermisste, sondern einfach nur geil war, also wählte eine andere Nummer. Trotz der unchristlichen Uhrzeit kam ich tatsächlich noch in einem warmen Schoß (unter).

***

Ehe Wiesel am Tag darauf in die Höhle des Löwen entlassen wurde, sprach ich in Wiesels Bude noch mal eindringlich mit ihm und gab ihm einige letzte Instruktionen sowie Ratschläge mit auf den Weg. Patrick brachte die Knopf-Kamera an, und wir alle waren erstaunt darüber, wie weit sich die Technik mittlerweile entwickelt hatte.

»Wofür brauchst du denn überhaupt solche Gimmicks?«, erkundigte ich mich bei unserem Erdbeermützchen.

»Ach, so was interessiert mich einfach. Im Einsatz waren meine Kameras noch nie.«

Wir wussten alle, dass es eine handfeste und feiste Lüge war.

»Solange nicht eine ›First-Person-Reality-Baukowski-and-Friends-Show‹ im Internet auftaucht, werde ich mal nicht weiter graben.« Damit ließen wir die interessante Fragestellung auf sich beruhen, schließlich stand uns nun Wichtigeres bevor.

»Verdammt, Wiesel! Du bist ein richtiges Schüsschen!« Patrick verpasste unseren Kumpanen spielerisch einen Kuss auf den Mund. Mit einem »Viel Erfolg, mein Freund« und »Heiz dem Miststück gehörig ein« verabschiedete sich Patrick von uns, aber nicht ohne vorher in die prallen (jedoch leider unechten) Brüste zu kneifen. In der Tat sah Wiesel atemberaubend aus, und das gab ich ihm auch weiter.

»Baukowski?«, druckste er herum, und ich spürte, dass er was auf dem Herzen hatte.

»Was ist denn los, mein kleiner Kamerad? Muffensausen?«

»Ach was, es ist was anderes.« Er schaute zu Boden und mir kam ein bizarrer Gedanke in den Sinn: *Seltsam, sobald er sich in Schale wirft, verwandelt er sich tatsächlich in eine Tussi.*

»Na, schieß schon los«, ermutigte ich ihn.

»Okay, aber du darfst mich nicht auslachen!«

»Ehrenwort.« Symbolisch erhob ich meine Schwurhand, so als befänden wir uns bei einer feierlichen Eideszeremonie.

»Wenn du magst, lutsche ich dir jetzt den Schwanz …«, sagte er fast im Flüsterton. Die darauffolgende Stille war wahrscheinlich für uns beide nur schwer auszuhalten. Dann setzte Wiesel nach: »Das wäre unser kleines schmutziges Geheimnis, keiner wird jemals davon erfahren.«

Natürlich liebe ich Blowjobs, Gott weiß, dass das wahr ist, aber gleichgeschlechtlich geht bei mir überhaupt nicht. Kränken wollte ich einen meiner engsten Vertrauten natürlich nicht (na gut, ich wollte ihn vor seinem großen Gig nicht demotivieren), also griff ich zu einer kleinen Notlüge. »Sorry, aber ich habe Genitalherpes.«

Wiesels aufgehübschtes Gesicht schaute entsetzt drein und sein durch den großzügig aufgetragenen Lippenstift knallroter Mund war zu einem O verformt.

»Tja, meine Vorhaut ist voller kleiner nässender Bläschen. Definitiv kein schöner Anblick«, erklärte ich zur Abschreckung, doch selbst dafür hatte der Perversling natürlich schon eine Lösung parat.

»Du könntest dir doch ’nen Spritzbeutel drüberziehen!«

»Scheiße, nein! Ich will nicht, dass du oder sonst irgendein Typ meine Proteinkanone in den Mund nimmt!« Jetzt wurde es mir aber zu bunt, und Wiesel erhielt doch noch eine deftige Abfuhr. »Mal abgesehen davon, ein Baukowski – und das kannst du verdammt noch mal in Stein meißeln – wird sich nie im Leben eine Nahkampfsocke über die Sahneschleuder stülpen!«

»Okay, habs schon verstanden. War ja nur ein Angebot.« Jetzt war meine kleine Diva auch noch eingeschnappt.

Ich musste ihn mit einer brennenden Motivationsrede für unsere Sache anspornen und begann wie folgt: »Das Schicksal des Stönkefitzchens liegt nun allein in deinen Händen.«

Nachdem fast fünf Minuten lang beflügelnde Worte auf Wiesel einprasselt waren, ging er mit neuem Elan zur Tür, wie ein Ritter, der bereit war, den Kampf gegen den Drachen zu wagen.

Natürlich war Wiesel in weiblicher Gestalt optisch nicht wirklich mit einem Ritter gleichzusetzen, aber der Vergleich mit dem Drachen als Metapher für Charlotte, ja, der hatte schon was. Als ich aus der Tür treten wollte, sprach mich Wiesel noch mal an, und ich drehte mich zu ihm, beziehungsweise zu ihr um.

»Übrigens, Baukowski. Das gerade eben, das war nur ein Test. Du weißt schon, die Aufnahme war gestartet und ich wollte nur wissen, ob du's tun würdest.«

Ist klar, du verkappter Rosettenkasper, ich glaube dir kein einziges Wort. Ich ließ ihn in dem Glauben, dass ich es geschluckt hatte. Er sollte sich von nun an völlig auf seine heilige Mission konzentrieren.

***

Es dauerte etliche Stunden, bis Wiesel sich endlich zurückmeldete. Zwischenzeitlich beschlich mich das üble Gefühl, dass er es ganz gewaltig verkackt hatte. Ich lief in meiner Wohnung rastlos auf und ab, das Mobiltelefon stets griffbereit. Nicht einmal der edle Tropfen Deanston, ein empfehlenswerter schottischer Single Malt, konnte mir die innere Anspannung nehmen. Irgendwann gab mein Handy ein summendes Geräusch von sich, mein verkleideter Freund hatte ein Foto geschickt. Mir lief es eiskalt den Rücken hinunter. Er hatte ein Selfie gesendet, auf dem sein Gesicht ohne Perücke zu sehen war, die Schminke total verlaufen, wahrscheinlich durch seinen eigenen Tränenfluss.

»Der Kretin hats versaut!« Ich schlug mit der Faust auf den Tisch.

Es folgte eine weitere Nachricht. Als hätte Wiesel meine Gedanken gelesen, schrieb er nun: *»Sorry für den Schock«* und setzte mit einem zwinkernden Emoji nach. *»Ich wasche mir nur noch das Gesichtstuning ab, dann fahr ich* *zurück und arbeite an der Digitalisierung unseres endgültigen Sieges.«*

Meine Niedergeschlagenheit wich schlagartig einem Gefühl der Euphorie. Na, das hörte sich doch schon mal ganz anders an. Ich tippte auf der Handytastatur herum und ließ ihn wissen, dass ich einen sofortigen und ausführlichen Bericht wünschte, doch er hielt mich weiter hin und schrieb mir, dass später ein Link folgen würde. Nun gut, das Warten war zwar noch nicht vorbei, aber mit der Gewissheit, dass unser Plan aufgegangen war, ließ sich mit einer anderen Geduld an die Sache herangehen. Der milde Charakter des Whiskeys mitsamt seinem würzigen Abgang inklusive feiner Honignoten war nun um eine weitere Nuance erweitert worden: den Geschmack des Triumphs.

Als mich endlich eine Nachricht von meiner Lieblingstranse erreichte, war ich bereits mit dem Rest unserer Chaos-Clique bei Theo vereint. Wenigstens kamen wir, seitdem die Polizei die Demo vor ein paar Tagen aufgelöst hatte, hier problemlos wieder rein, und es lungerten keine Protestler mehr vor der Tür herum. Meinen Klapprechner hatte ich in weiser Voraussicht mitgebracht, und wir reckten unsere Köpfe neugierig gen Monitor.

»Nun mach schon!«, drängte Udo und mir fiel auf, dass sein Nervenkostüm auch nicht mehr das war, was es vor einigen Jahren noch gewesen war.

Eine Minute später lief das Video, und keiner von uns sprach mehr ein Wort. Wir hätten fast vergessen zu atmen, so angespannt waren wir Droogs. Die Kamera hatte das außerordentlich unansehnliche Antlitz von

Charlotte perfekt eingefangen. Der Anblick ihrer ganz und gar hässlichen Rübe sollte für jeden Gottesgläubigen an sich Beweis genug sein, dass lediglich Chaos uns alle ausgespien hatte – und ganz sicher kein elysischer Plan dahinterstecken konnte. Ihr Gesicht war ein Schlag in das selbige eines jeden Gottes. Auf jeden Fall war sie visuell in Kombination mit ihrer Stimme eindeutig zuzuordnen.

Mit einem *»Ich entschuldige mich zunächst dafür, dass Sie warten mussten«* eröffnete Charlotte das Gespräch.

»Oh, ich bitte Sie …«, unterbrach sie unser eingeschleuster Freund mit seiner gestellt hohen Stimmlage. »Sie *klingt so sehr nach meiner Mutter.«*

Charlotte lächelte.

»Natürlich, bitte sieh mir nach, dass du warten musstest. Ich bin ein Typ, der nicht gern um den heißen Brei redet und sofort zur Sache kommt. Verständlicherweise ist das ein überaus pikantes Thema, und ich habe allergrößten Respekt, dass du dich mir und meiner Institution öffnest und anvertraust. Meine vollste Hochachtung dafür. Auch wenn es bestimmt sehr unangenehm ist und dir schwerfällt, darüber zu sprechen, würde ich mir gern selbst ein Bild von dem Vorfall machen. Unserem E-Mail-Kontakt habe ich entnehmen können, dass Baukowski dir zu nahegetreten ist?«

»Na, das ist ja wohl mal die Untertreibung des Jahrhunderts. Er ist mir nicht nur auf die Pelle gerückt. Er ist viel mehr mit seiner Pelle in mich gerutscht …«

»Ich verstehe. Wann genau hat das stattgefunden?«

»Es war letzten Samstag, in dieser Gaststätte, die ja jetzt überall in den Medien ist.«

»Du meinst das Stönkefitzchen?«, warf Charlotte ein, und auch wenn es nicht zu sehen war, wussten wir, dass Wiesel die eingeworfene Frage bejaht hatte.

»Erst hat er vulgäre und anzügliche Bemerkungen gemacht. Irgendwie war es zwar ein wenig nervig, aber der Typ war so witzig. Da ich das alles noch für einen großen Spaß gehalten habe, habe ich auch noch mitgemacht …« Wir hörten nur seine um mehrere Oktaven hochgepitchte Stimme, aber was Wiesel da ablieferte, war eine schauspielerische Meisterleistung. Charlotte reichte ihm ein Taschentuch, und er (beziehungsweise für sein Gegenüber ja sie) putzte sich geräuschvoll die Nase.

»Wenn es dir möglich ist, erzähl ruhig weiter.«

Ich war mir nicht ganz sicher, aber ich glaubte bei Charlotte Ungeduld herauszuhören. Wiesel schnäuzte erneut und fuhr dann fort.

»Für Baukowski war mein Kokettieren und Mitlachen wohl so was wie ein Signal oder grünes Licht, um mich anzugrapschen. Er hat mir lüstern in den Po gekniffen, während er mir völlig schamlos in mein Dekolleté gegafft hat!«

»Barbarisch!«, gab Charlotte verächtlich schnaubend von sich. *»Das ist typisch für solche chauvimäßigen und sexistischen Männerschweine. Vor Damen wie uns haben solche Machos keinerlei Respekt. Für einen Kerl wie Baukowski sind alle Frauen gleich Freiwild. In seiner Wirklichkeit existieren wir nur, um seine niederen Bedürfnisse zu befriedigen«*, wusste die Gefilmte zu berichten. *»Wie ging es dann weiter?«* Charlottes Augen funkelten. Sie witterte nun die große Chance, dass sich das Mittel, um mich endgültig zu vernichten, nun in ihrer greifbaren Nähe befand.

»Er hat mir ein paar Drinks spendiert, und wir sind dann gemeinsam zu den Nasszellen …«

»Dort hat er dann gegen deinen Willen Geschlechtsverkehr mit dir gehabt?«

»Na ja, ganz so war es nicht …«, hörte man die hohe Stimme aus dem Off.

»Was konkret muss ich mir dann darunter vorstellen?« Charlottes Stirn lag in Falten und sie sah negativ überrascht aus.

»Sex hatten wir schon«, druckste unser Kamerad in Frauenkleidung weiter gekonnt rum.

»War dieser denn einvernehmlich?«

Wiesel atmete daraufhin hörbar schwer aus. *»Ja, war er.«*

Es folgte Stille.

»Ich will ehrlich zu dir sein. Die Sache ist die: Kurz nach dem – im Übrigen absolut fabelhaften – Akt der körperlichen Liebe, hat er mit einer anderen Schnalle angebandelt, und ich war somit für ihn abgeschrieben.«

Man sah Wiesels Hand erneut zu einem Taschentuch greifen und hörte ihn schniefen.

»Ein absolut widerliches Verhalten. Er sammelt Frauen wie Trophäen. Ein sexy Outfit ist für ihn gleich eine Einladung zum Verkehr«, reagierte Charlotte erbost.

»Aber das ist wahrscheinlich nichts, was ihm rechtlich negativ anzukreiden ist, oder?«, hakte unser Lockvogel vorsichtig nach.

»Ich fürchte nicht …«, seufzte Charlotte. Nach einer kurzen gemeinsamen Phase des Schweigens schnappte unsere Falle jedoch zu. *»Es sei denn, du würdest deine Aus-*

sage ein klein wenig verschärfen.« Charlotte ließ diesen Satz ganz geschickt nebenbei fallen.

Ich ließ einen Jubelschrei, denn genau dort wollte ich das verfluchte Biest haben. Mein Plan schien aufzugehen, denn diese fanatische Schlampe wollte mir meine Eier so sehr in die Pfanne hauen, dass sie auch vor solchen absolut zutiefst niederträchtigen Aktionen nicht zurückschreckte.

»Und wie soll ich das deiner meiner Meinung nach anstellen?«, erkundigte sich unser menschlicher Köder bei der verblendeten Vorsitzenden der Liga der radikalen Feministinnen.

»Du musst lediglich den letzten Teil ein wenig anpassen. Du berichtest, dass er dich mit zu den Örtlichkeiten genommen hat, und du ihn mehrfach darum gebeten hast, dass er doch aufhören solle. Er hat aber einfach weitergemacht und dir sogar Gewalt angedroht, für den Fall, dass du nicht tust, was er dir sagt.«

»Da hast du dir ein Mordsei gelegt, Baby«, parodierte Patrick Kiefer Sutherland alias Ace ›King‹ Merrill aus *Stand by me*, einem seiner Lieblingsfilme.

»Was für ein gefährliches Miststück!«, platzte es aus Udo heraus. Auch wenn ich ihm absolut beipflichtete, und es in der Tat sehr besorgniserregende Zeiten für Männer (wie uns) waren, mahnte ich alle zur Ruhe, da ich unbedingt hören wollte, wie es weiterging.

»Das leuchtet mir ein. Also soll ich deiner Meinung nach zur Polizei gehen und dort Anzeige wegen Vergewaltigung erstatten?«

»Auf jeden Fall!«, sagte Charlotte eindeutig und verteilte weitere dreiste Ratschläge. *»Aber wir sollten deine Geschichte detailliert anpassen. Es ist enorm wichtig, dass du immer bei genau der gleichen Version bleibst. Für deine Glaubwürdigkeit*

ist genau das die Krux an der Sache. Du wirst es nicht nur vor der Polizei ausrollen, sondern auch vor einer Psychologin und letztlich auch vor einem Richter beziehungsweise einer Richterin. Deine Aussage darf sich dabei um keine Nuance verändern!«, bläute Charlotte unserem Freund scharf ein.

»Muss ich es auch im Fernsehen wiedergeben?«, fragte Wiesel im eingeschüchterten Ton nach.

»Das liegt letztlich an dir. Die Frage ist vielmehr, ob du bereit bist, dem öffentlichen Druck standzuhalten, der zweifellos auf dich zukommen würde. Die Liga wird dich dabei jederzeit unterstützen, darauf hast du mein Wort. Außerdem habe ich sehr gute Verbindungen zum Weißen Ring, ein gemeinnütziger Verein zur Unterstützung von Kriminalitätsopfern. Wenn du Interviews geben magst, kannst du dafür natürlich auch – nennen wir es mal Schmerzensgeld – verlangen. Die Bandbreite deiner potenziellen Auftritte liegt vollkommen bei dir. Wenn es dein Ding ist, dann tingle durch die Talkshows. Du kannst aber beispielsweise deine Erlebnisse mit dem ach so sauberen Herrn auch in Buchform veröffentlichen. Natürlich gehe ich dir dabei auch sehr gern zu Hand.«

»Unglaublich! Sie versucht Wiesel mit Geld zu ’ner Straftat zu verleiten«, erkannte Theo (und ich hoffte inständig, unser Sparfuchs kam dadurch nicht auf krumme Ideen), doch es sollte noch unverschämter kommen.

»Ich sag dir mal was. Wie wäre es, wenn ich noch zwei, drei Mädchen auftreibe, die ähnliche Erfahrungen behaupten würden? Ich habe Connections zur Staatsanwaltschaft – und zwar nach ganz oben. Mithilfe des medialen Drucks kann ich dir versichern, dass wir diesen frauenverachtenden Dreckskerl endlich hinter Schloss und Riegel bringen, wo er auch hingehört.«

Na, das war die fanatische Hess, die ich kannte. Ihre wahre Fratze war nun für die Öffentlichkeit und Ewigkeit festgehalten.

Plötzlich ging die Tür zum Fitzchen auf, und Wiesel stolzierte herein – inzwischen trug er wieder seine Alltagskleidung.

Wir sprangen von unseren Barhockern auf, kamen ihm entgegen, und einer nach dem anderen nahm den kleinen Bastard in den Arm.

»Glückwunsch, Kamerad. Durch dein Video werden wir Charlotte Hess den langersehnten Todesstoß verpassen«, lobte ich unseren Mimen.

»Das Filmchen ist bereits on! Ich schätze, damit dürfte ihr der Arsch so ziemlich auf Grundeis gehen, dieser nach Schweiß stinkenden Speckmade«, brüstete er sich.

Diese raffinierte Madame mag zwar mit allen Wassern gewaschen sein, doch riechen konnte man davon wahrlich nichts.

»An dir ist ja ein richtiger Schauspieler verloren gegangen«, scherzte Patrick und setzte nach: »Und vor allem eine verdammt attraktive Frau.«

»Erst schlachten wir die Sau und dann den ganzen Stall«, fiel Udos bitterböser Beitrag aus, und ich war ähnlicher Ansicht.

Die Liga würde, nachdem Hess erst ruiniert war, noch kurz wie ein geköpftes Hühnchen herumflattern, aber dann vollends in der Versenkung verschwinden.

Ich erhob mein Glas auf die großartigsten Menschen, die je auf dieser Erde wandelten (okay, jetzt sprach wohl eher Hochgefühl, der süße Geschmack des Sieges mit) und bedachte sie mit einem Trinkspruch. »Freunde, lasst uns nun das tun, was wir am besten können. Und an sich auch das, was wir ständig machen. Wenn ich es mir recht überlege, wechseln wir nur den Anlass. Ach, wie auch immer … Ich liebe euch miese Dreckssäcke einfach und will mich mit euch bis zur absoluten Besinnungslosigkeit besaufen. Charlotte? *Game Over!*«

Daraufhin erschallte es einstimmig aus den anwesenden Kehlen: »Prost!«

Das waren mir sehr vertraute fünf Buchstaben, die sich für mich mittlerweile fast wie ein Urwort anfühlten. Auch ich schmetterte ihnen im Siegesrausch zwei Wörter entgegen: »*Spitituosa Sancta!*«

Epilog

»Es gibt kein angenehmeres Geschäft,
als dem Leichenbegräbnis eines Feindes zu folgen.«
Heinrich Heine

Das Video hatte sich – wie erwartet –, in nur wenigen Stunden viral verbreitet. Tags darauf war der Eklat im Blätterwald nachzulesen und auch die Fernsehsender sprangen auf den Zug mit auf. Zeitgleich zu den drastisch sinkenden, äußerst kritischen Stimmen meiner Person gegenüber, stiegen die Unterschriften auf unserer Petition für das Fitzchen in Dimensionen, die wir nie für möglich gehalten hätten. Wahrscheinlich weniger durch unser Gesuch, sondern vielmehr dadurch bedingt, dass die Gattin von Theos Vermieter nun – wie sehr viele andere auch –, Charlotte abgeschworen hatte, durfte unser Wirt endlich seine Schulden begleichen und somit das Stönkefitzchen behalten.

Da wir durch unsere Sause so viel Geld eingenommen hatten, luden wir kurz darauf noch mal zu einer Freibier-Party ein. Auf einmal war Baukowski jedenfalls en vogue und das Fitzchen brummte.

Wiesel Kommentar dazu war: »Baukowski ist jetzt in aller Munde …«

Und ich konnte mir daraufhin folgenden Seitenhieb nicht verkneifen: »Außer in deinem!«

Wir schlossen aufgrund des jüngsten Erfolges viele neue weibliche Bekanntschaften. Den Grundtenor der Aussage meines kleinen Freundes strafte ich im Übrigen nicht mit Lügen, denn infolge des Skandals landete eines meiner Bücher sogar auf der Spiegel-Bestseller-Liste. Das muss man sich mal vorstellen: Ein Baukowski als Kassenmagnet!

Dass ich einmal im Mainstream ankomme, hätte ich mir selbst in meinen kühnsten Träumen nicht ausgemalt. Selbst jetzt konnte ich mich nur schwer daran gewöhnen und mich mit dem Gedanken anfreunden. Trends kommen und gehen, ich werde meine Welle reiten (mitsamt der hübschen Synergieeffekte) und dann in Würde abtreten.

Apropos Bücher: Nicht einmal vierundzwanzig Stunden später, nachdem der empörende Ausschnitt online gegangen war, meldete sich mein ehemaliger Verleger telefonisch und fragte kleinlaut, ob ich nicht doch wieder Interesse an einer Kooperation hätte. Mit meiner hämischsten Lache legte ich diesem treu- und mutlosen Haderlumpen auf. Smart, wie ich versoffener Penner ja zeitweise durchaus sein konnte, hatte ich mir vor dem großen Knall meine gesamten Buchrechte zurückgekauft, und nun standen die Verlage sprichwörtlich Schlange – selbst die ganz großen kamen mit verlockenden Angeboten um die Ecke. Aber das war einfach nicht meine Welt, und ich würde einem kleinen, aber feinen Unternehmen den Zuschlag geben. Dieser bärtige Mann aus Berlin, der war ein aufstrebender Teufelskerl, ein Mann mit Visionen und Eiern, ganz nach meinem Geschmack. Bei mir stand er momentan an erster Stelle.

Diversen Medienberichten zufolge wurde nun auch die Staatsanwaltschaft auf Frau Hess aufmerksam und sie wurde strafrechtlich verfolgt. In dieser Richtung hegte ich keinerlei Mitgefühl, schließlich hätte sie mich, ohne mit der Wimper zu zucken, unschuldig hinter schwedische Gardinen geschickt.

Klar, nach außen hin war ich der eindeutige Gewinner, doch als moralischer Sieger fühlte ich mich nicht. Diese unschöne Sache mit Elif hing mir noch leicht nach. Die feine englische Art war es wahrlich nicht gewesen, aber ich war nun mal keine *Teatime*-Schwulette und überhaupt, scheiße, die verkackten Briten waren ja noch nicht mal in der EU.

Um mein schlechtes Gewissen ein wenig zu beruhigen, redete ich mir ein, dass ich der türkischen Schönheit letztlich einen Gefallen getan hatte, denn wer steht schon gern auf der Seite von Verlierern? Wie von mir bereits prophezeit, war mit dem unrühmlichen Abgang von Charlotte Hess die gesamte Liga der radikalen Feministinnen ziemlich schnell Geschichte. Auch davon hörten wir – wo auch sonst? – im Fitzchen. Udo kommentierte es trocken und stilecht mit einer Zigarre im Mund, mit dem allseits bekannten Zitat von John ›Hannibal‹ Smith vom A-Team: »Ich liebe es, wenn ein Plan funktioniert!«

Nur als eine bemitleidenswerte Randnotiz zu enden, damit konnte sich unsere Pummelfee Charlotte offensichtlich nicht abfinden. Die völlig verzweifelte Frau rief nach einer guten Woche nach ihrem medienwirksamen Untergang öffentlich zu einer obskuren Aktion namens ›Selbstmord gegen Baukowski‹ auf und ging mit gutem, wenn auch alleinigem Beispiel voran. Wir erfuhren davon während unserer Freibier-for-Fans-Feier (oder wie wir es ironisch nannten: FFF-Sause). Natürlich tat ich das, was wohl jeder moralisch integre Mensch an meiner

Stelle ebenfalls getan hätte, schließlich galt es, einem würdigen Gegner seinen Respekt sowie seine letzte Ehre zu erweisen. Also stapfte ich auf die Bühne, stoppte umgehend die Musik und griff zum Mikrofon.

»Verehrte Gäste, wie ich grade aus zuverlässiger Quelle erfahren habe, hat Charlotte Hess heute den Freitod gewählt.« Ich ließ den Satz etwa eine halbe Minute lang wirken. »Auch wenn wir, wie allseits bekannt, gänzlich verschiedene Ansichten vertraten, möchte ich, dass wir zu ihrem Gedenken gemeinsam eine Schweigeminute einlegen.«

Eine fast schon unnatürliche Stille erfüllte das Stönkefitzchen. Nach nicht mal zehn Sekunden brachen alle Anwesenden, inklusive meiner Jungs und ich selbst, in schallendes Gelächter aus, und ich erhob mein Glas.

»Auf euch, ihr Verrückten, *Spirituosa Sancta*!« Unseren neuen Ausspruch zum Feiern, hatten wir Jungs mittlerweile bereits kultiviert. Für alle Anwesenden war es das Signal, partytechnisch noch mal eine Schippe draufzulegen und Vollgas zu geben.

Rezept: Baukowski-Cumshot

Zutaten:
4 cl Weiße-Schokolade-Likör
2 cl Jameson Whiskey
0,5 cl Pfefferminzschnaps

Zubereitung und Empfehlungen:

4 cl Weiße-Schokolade-Likör sorgen neben der Süße für eine stimmige Farbwahl. Ein Likörglas Whiskey – alternativ auch ein heller Scotch – wird dem hinzugefügt. Jameson eignet sich ausgezeichnet durch seine milde sowie subtil süßliche Geschmacksrichtung. Für eine marginal minzige Note, die erst im Abgang erkennbar ist, empfiehlt sich ein halber Schuss klarer Pfefferminzschnaps.

Der vorzügliche Geschmack des Shots entfaltet sich am besten bei Raumtemperatur.

Für die Männervariante empfiehlt es sich, noch einen Spritzer Stroh-Rum langsam aufzuträufeln. Der entzündete Shot-Drink ist nicht nur ein Hingucker, sondern der Rum sorgt zudem noch für eine wohlige Wärme in der Kehle.

So, ihr Saufziegen, hoch die Tassen!

Ich trinke auf ….

… die Eine, die mein inneres Tier im Zaum hält. Meinen allerhöchsten Dank für deine Wärme, Widerspenstigkeit und Liebe. Möge unsere Leidenschaft nie erlöschen. Bewahre dir deine Eigenarten, sei einzig, nicht artig!

… Wiesel, Udo, Patrick und Theo. Für euch grabe ich sogar den ollen Bismarck aus. Er sagte einmal so was wie: ›Ein bisschen Freundschaft ist mehr wert als die Bewunderung der ganzen Welt.‹ Brüder, ich liebe euch. Ich möchte mich dafür bedanken, dass ich euch einmal mehr durch den Kakao ziehen durfte (und wir alle wissen: Bei Baukowski ist es nur etwas kakaoähnliches).

… Nia und Sabrina, meinen beiden hübschen Leckschwestern, für die überaus gelungene Umsetzung des Weltklassedrinks namens Baukowski-Cumshot.

… Frantzen, den Mann, der über die erstaunliche Fähigkeit verfügt, jede Zutat aus einem Whiskey herausschmecken zu können. Ich bin dir für deinen Rückhalt in schwierigen Zeiten und deinen unermüdlichen Einsatz zu tiefstem Dank verpflichtet.

… Mario Gursky, der verrückte Tausendsassa aus dem Osten. Wenn es eine Person gibt, die meinen Humor adaptieren kann – und das sogar vollkommen nüchtern –, dann dieser sportliche und sozial engagierte Bursche. Dein Bildband wird rocken!

… die Jungs von fuckin' Horror Fanatic.

… Detlef Klever, für die Visualisierung von *Blowhead and Shredhead* – die Erfüllung eines Jugendtraums.

… auf meine virtuellen Weggefährten sowie Kollegen*innen, die mich mit bizarren Geschichten sowie herrlich schrägen Beiträgen aus dem Baukowski-Universum erfreut haben. In alphabetischer Reihenfolge: Andreas, Dietmar, Elli, Irina, Jasmin, Jean, J. Mertens, Mario, Piotr X, Ralph und Shane. Ich ziehe meine Schiebermütze und verneige mein Haupt vor euch.

… Jasmin Kraft. Eine zweite Erwähnung ist durchaus angemessen, schließlich hat die Gute sich – auch noch in ihrem wohlverdienten Urlaub – abermals durch meine teils wüsten Gedankenkonstrukte gekämpft und dafür Sorge getragen, dass aus dem vorliegenden Werk ein edler Tropfen wird. Jasmin ist im Übrigen bereits seit meinem ersten abendfüllenden Abenteuer dabei und somit mittlerweile Teil der Familie. Quasi wie die jüngere Schwester, mit der man auch Sex hat … ach, ihr wisst doch, was ich damit ausdrücken möchte.

… den REDRUM-Verlag, der tatsächlich mittlerweile schon über 150 Bücher publiziert hat. REDRUM über alles!

… natürlich auf dich, verehrte(r) Leser*in. *The King of Schnaps* erhebt seinen gefüllten Whiskeyschwenker auf euch, ihr Verrückten! Wir lesen uns.

– Spirituosa Sancta –

VERLAGSPROGRAMM

www.redrum-verlag.de

01 Candygirl: *Michael Merhi*
02 Lilith Töchter, Adams Söhne: *Georg Adamah*
03 Höllengeschichten: *Wolfgang Brunner*
04 Roadkill: *Alex Miller, Joe De Beer*
05 Bad Toys: *Anthologie*
06 Gone Mad: *A.C. Hurts*
07 Mindfucker: *Joe De Beer*
08 All Beauty Must Die: *A.C. Hurts*
09 Runaways: *Alexander Kühl*
10 Love Of My Life: *A.C. Hurts*
11 Klipp Klapp … und du bist tot!: *Mari März*
12 Carnivore: *A.C. Hurts*
13 Lyrica: *Jane Breslin*
14 Der Feigling: *Andreas März*
15 Kinderspiele: *Wolfgang Brunner*
16 Victima: *Sam Bennet*
17 Blutbrüder: *Simone Trojahn*
18 Fuck You All: *Inhonorus*
19 Cannibal Holidays: *Ralph D. Chains*
20 Kellerspiele: *Simone Trojahn*
21 Der Leichenficker: *Ethan Kink*
22 Lyrica – Exodus: *Jane Breslin*
23 Gone Mad 2: *A.C. Hurts*
24 Der Leichenkünstler: *Moe Teratos*
25 Wutrauschen: *Simone Trojahn*
26 Dort unten stirbst du: *Moe Teratos*
27 Fida: *Stefanie Maucher*
28 Die Sodom Lotterie: *Ralph D. Chains*
29 Streets Of Love: *Ralph D. Chains*
30 Er ist böse!: *Moe Teratos*
31 Franka: *Moe Teratos*
32 Melvins Blutcamp: *Dagny S. Dombois*
33 Frosttod: *Moe Teratos*
34 Franklin: *Stefanie Maucher*
35 Ratz 1 – Mordhaus: *Moe Teratos*
36 Hexentribunal: *Gerwalt Richardson*

37 Ratz 2 – Mordsucht: *Moe Teratos*
38 Voyeur: *Kati Winter*
39 Ratz 3 – Das Mordgesindel: *Moe Teratos*
40 Die Sünde in mir: *A.C. Hurts*
41 Ficktion: *Ralph D. Chains*
42 Das Kinderspiel: *Simone Trojahn*
43 Todesangst im Labyrinth: *A.C. Hurts*
44 Crossend: *Marvin Buchecker*
45 Mörderherz: *Simone Trojahn*
46 Daddy's Princess: *Simone Trojahn*
47 Doppelpack: *Moe Teratos*
48 Billy – Die Blutlinie: *Gerwalt Richardson*
49 Ratz 4 – Mordversprechen: *Moe Teratos*
50 Selina´s Way: *Simone Trojahn*
51 Infam: *André Wegmann*
52 Ratz 5 – Blutige Ketten: *Moe Teratos*
53 Sinnfinsternis: *Reyk Jorden*
54 Carnivore – Sweet Summer: *A.C. Hurts*
55 Der Schlächter: *Jacqueline Pawlowski*
56 Grandma: *Inhonorus*
57 Billy 2 – Les chants from hell: *Gerwalt Richardson*
58 Endstation Hölle: *Jean Rises*
59 Runaways 2: *Alexander Kühl*
60 Totentanz: *Moe Teratos*
61 Leichenexperimente: *Moe Teratos*
62 Folterpalast: *Gerwalt Richardson*
63 Scary Monsters: *Wolfgang Brunner*
64 Schwarze Mambo: *Baukowski*
65 1 4 Shades of Unicorns: *Anthologie*
66 Ratz 6 – Blutiger Augenblick: *Moe Teratos*
67 Rabenbruder: *Ralph D. Chains*
68 Rednecks: *Faye Hell, M.H. Steinmetz*
69 Bad Family: *Simone Trojahn*
70 Homali Sagina: *Marie Wigand*
71 Todsonne: *Simone Trojahn*
72 Albino Devil: *André Wegmann*
73 Sommertränen: *Simone Trojahn*
74 Über uns die Hölle: *Simon Lokarno*
75 Weil ich dich hasse: *Simone Trojahn*
76 Der Leichenficker 2: *Ethan Kink*
77 Marvin: *Moe Teratos*

78 Projekt Sodom: *Gerwalt Richardson*
79 Totes Land: *M.H. Steinmetz*
80 Road to Death – Fred Manson´s Story 1: *Simone Trojahn*
81 Road of Pain – Fred Manson´s Story 2: *Simone Trojahn*
82 Blood Season: *Anthologie*
83 Road´s End – Fred Manson´s Story 3: *Simone Trojahn*
84 Wo ist Emily?: *Andreas Laufhütte*
85 Fuchsstute: *Gerwalt Richardson*
86 Kaltes Lächeln: *Simone Trojahn*
87 Das Leben nach dem Sterben: *Simone Trojahn*
88 Paraphil: *Jacqueline Pawlowski*
89 Schicksalshäppchen 2 – Dark Menu: *Simone Trojahn*
90 Schicksalshäppchen 1: *Simone Trojahn*
91 Pro-Gen: *Wolfgang Brunner*
92 Selina´s Way 2: *Simone Trojahn*
93 Tunguska: *U.L. Brich*
94 Ratz 7 – Blutige Bestien: *Moe Teratos*
95 Ausgeliefert an das Böse: *A.C. Hurts*
96 Hof Gutenberg: *Andreas Laufhütte*
97 Bad Toys 2: *Anthologie*
98 Sam – Band 1 Die Jagd: *Gerwalt Richardson*
99 Sam – Band 2 Die Lust: *Gerwalt Richardson*
100 Geständnis 1: *Moe Teratos*
101 Geständnis 2: *Moe Teratos*
102 Moonshine Games: *Jutta Wölk*
103 Cannibal Holidays 2 - Reborn: *Ralph D. Chains*
104 Martyrium: *Baukowski*
105 Schaffenskrise: *Simone Trojahn*
106 Dschinn: *André Wegmann*
107 DOGS: *Andreas Laufhütte*
108 Vertusa: *Moe Teratos*
109 Der Teufelsmaler: *Gerwalt Richardson*
110 Cannibal Love: *Ralf Kor*
111 Leiser Tod: *Moe Teratos*
112 Der Kehlenschneider: *Moe Teratos*
113 Weltenbruch: *Moe Teratos*
114 Deep Space Dead: *Murray Blanchat*
115 Sam – Band 3 Der Preis: *Gerwalt Richardson*
116 Bull: *M.H. Steinmetz*
117 Giftiges Erbe: *Simone Trojahn*
118 Sinnfinsternis 2 – Diener des Chaos: *Reyk Jorden*

119 Leid und Schmerz: *Michael Merhi*
120 Die Sonne über dem südlichen Wendekreis: *Georg Adamah*
121 Die Anstalt der Toten: *Moe Teratos*
122 Pott-Mortem 1– Oktoberblut: *Andi Maas*
123 Snuff.net: *Jean Rises / Elli Wintersun*
124 Das Vermächtnis des Jeremiah Cross: *Andreas Laufhütte*
125 Insanes: *Gerwalt Richardson*
126 Alvaro: *A.C. Hurts*
127 Macimanito: *Ralf Kor*
128 Jelenas Schmerz: *Moe Teratos*
129 Once upon a Time in … Baukowski and Friends
130 Pott-Mortem 2 – Die Blutgruppe: *Andi Maas*
131 Hof Gutenberg 2: *Andreas Laufhütte*
132 Mutterfleisch: *Simone Trojahn*
133 Bärenblut: *U.L. Brich*
134 Spirituosa Sancta: *Baukowski*

REDRUM CUTS

01 Bizarr: *Baukowski*
02 50 Pieces for Grey: *A.M. Arimont*
03 Koma*: Kati Winter*
04 Rum und Ähre: *Baukowski*
05 Hexensaft: *Simone Trojahn*
06 Still Morbid*: Inhonorus*
07 Fuck You All - Novelle: *Inhonorus*
08 Das Flüstern des Teufels: *A.M. Arimont*
09 Kutná Hora: *André Wegmann*
10 Die Rotte: *U.L. Brich*
11 Blutwahn: *André Wegmann*
12 Helter Skelter Redux: *A.M. Arimont*
13 Badass Fiction*: Anthologie*
14 Bloody Pain: *Elli Wintersun*
15 In Flammen: *Stefanie Maucher*
16 Denn zum Fressen sind sie da: *A.C. Hurts*
17 Die Chronik der Weltenfresser: *Marvin Buchecker*
18 Psychoid: *Loni Littgenstein*
19 Geisteskrank: *Marc Prescher*
20 Sweet Little Bastard: *Emelie Pain*
21 Süchtig nach Sperma: *Marco Maniac*
22 Badass Fiction 2019*: Anthologie*
23 Human Monster: *Stephanie Bachmann*
24 Wut: *Alexander Wolf*

RALF KOR

CANNIBAL LOVE

FUNCORE

REDRUM

RALPH D. CHAINS

STREETS OF LOVE

REDRUM

HARDCORE

UND
BAUKOWSKI
REDRUM
CUTS

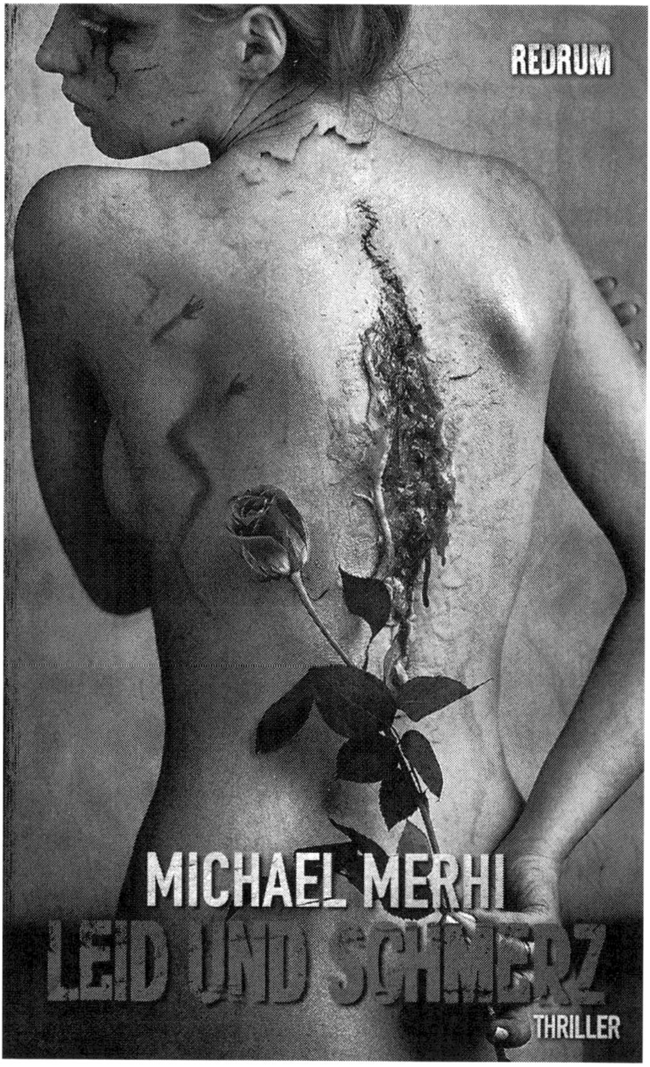
REDRUM
MICHAEL MERHI
LEID UND SCHMERZ
THRILLER

REDRUM loves you!

REDRUM liebt dich!

Printed in Poland
by Amazon Fulfillment
Poland Sp. z o.o., Wrocław